小学館文庫

まねき通り十二景

山本一力

小学館

〈目次〉

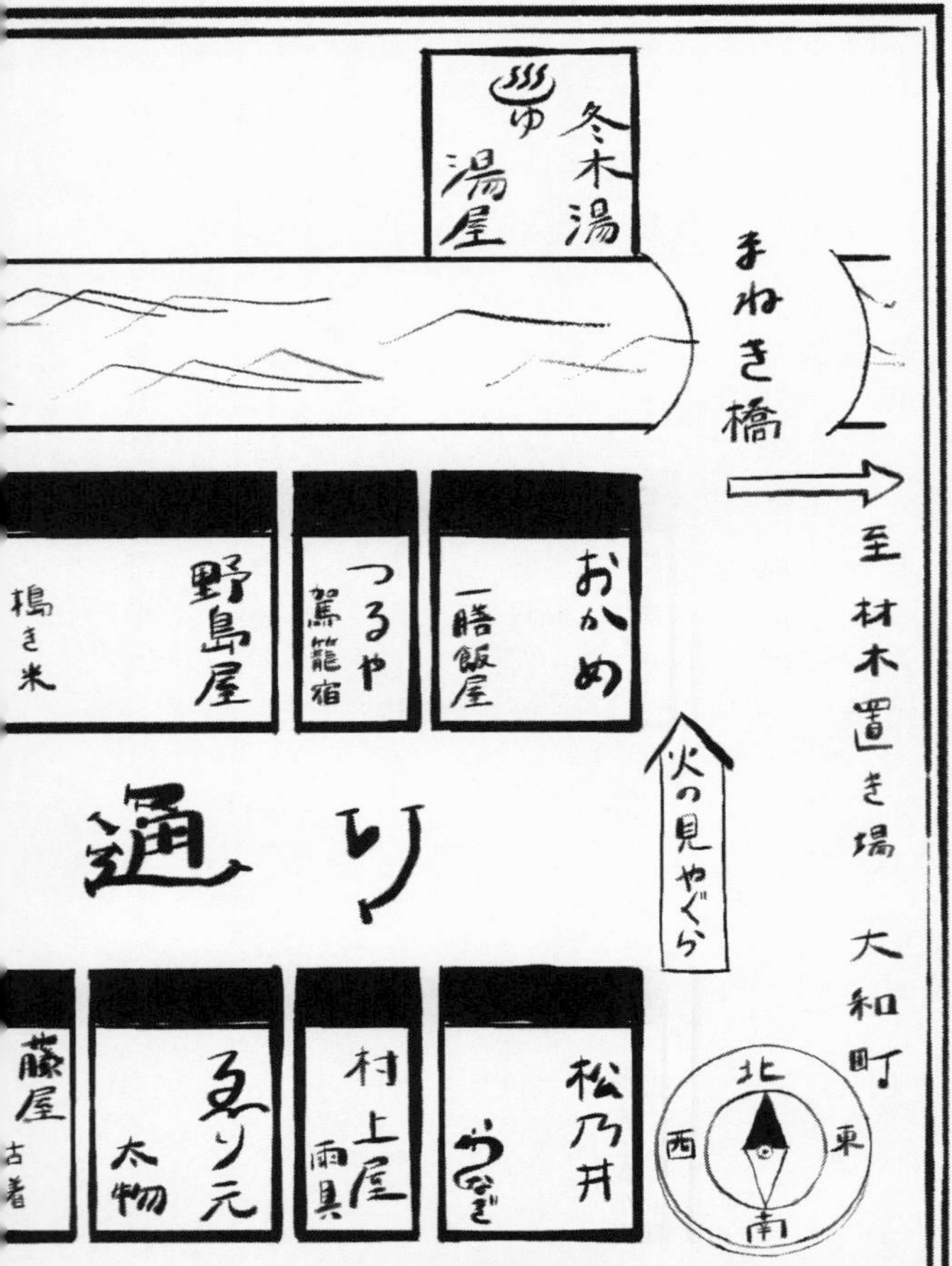

ゆ
冬木湯
湯屋
まねき橋
至
材木置き場
大和町
おかめ
一膳飯屋
つるや
駕籠宿
野島屋
搗き米
火の見やぐら
通り
松乃井
うなぎ
村上屋
雨具
ゑり元
太物
藤屋
古着
北
西
東
南

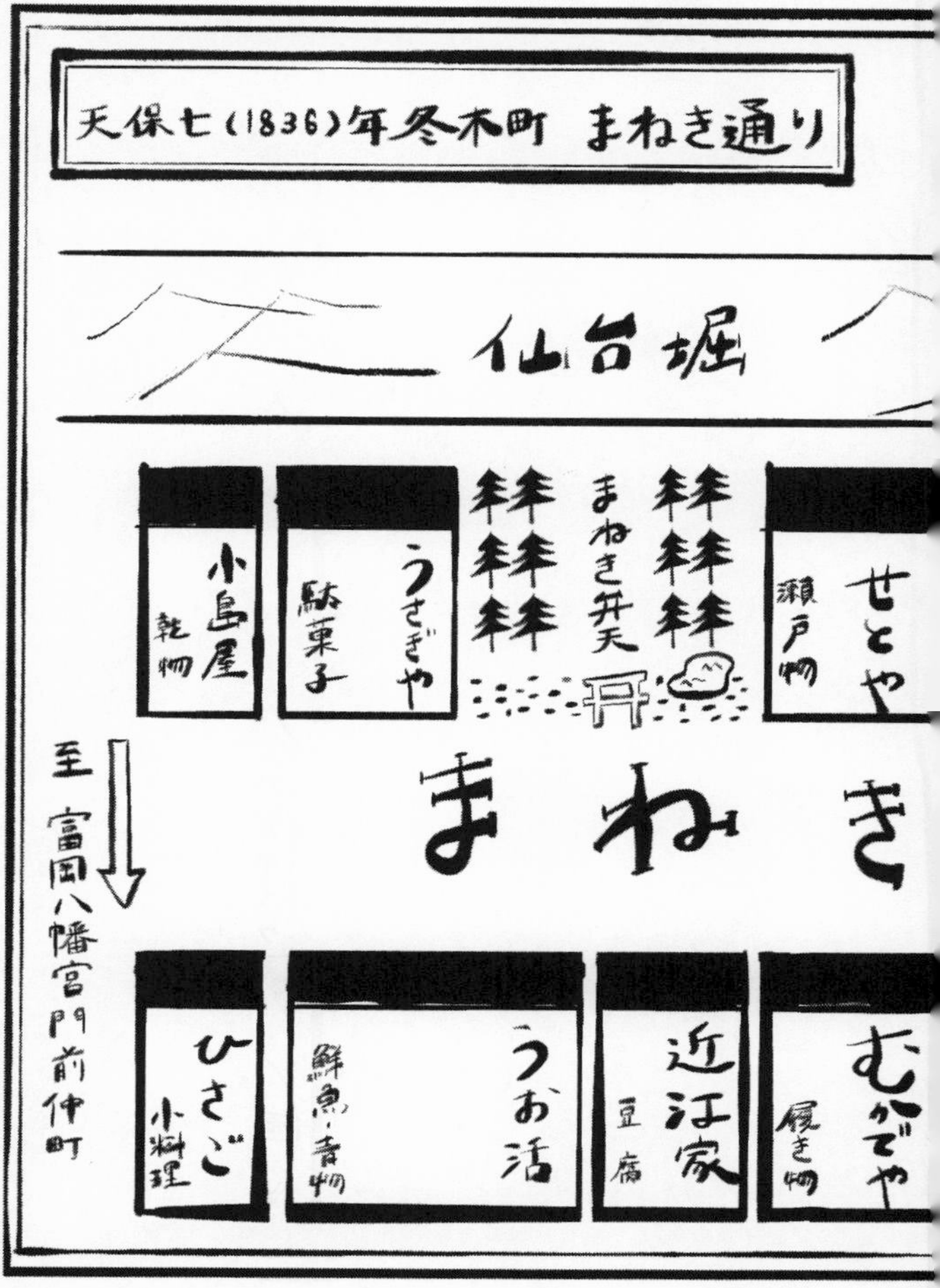
天保七(1836)年冬木町　まねき通り
仙台堀
小島屋
乾物
うさぎや
駄菓子
まねき弁天
せとや
瀬戸物
まねき
至
富岡八幡宮門前仲町
ひさご
小料理
うお活
鮮魚・青物
近江家
豆腐
むかでや
履き物

イラスト／佐藤優花

まねき通り十二景

第一話　初天神

一

天保《てんぽう》七（一八三六）年元日の江戸・深川は、空の底まで真っ青に晴れ渡っていた。青空のあしらいになる雲は、ひとかけらも浮かんではいない。

「見ねえな、今朝の富士山を」

「真っ青な空を、ぜいたくに下地に使ってるからよう。雪の白さが際だってるぜ」

火の見やぐらの番人ふたりが、顔を見交わして富士山の美しさを称《たた》えた。

深川冬木町《ふゆきちょう》は材木置き場を幾つも抱え持った、深川でも大きな町だ。

隣町との境目は仙台堀である。

この堀に面して屋敷を構えている仙台藩は、米を運び込むために堀の幅を広げ、二尋半《ひろ》（約四・五メートル）の深さにまで掘り下げた。

かつては十間川《じっけんがわ》と呼ばれていたが、仙台藩が掘削《くっさく》の大作事を行ったことから、仙台堀と呼ばれるようになった。

火の見番のふたりが元日の富士山を眺めているのは、冬木町の火の見やぐらの見張り台である。

深川には門前仲町の辻に、江戸でも一番高いと言われる火の見やぐらが設けられていた。高さは六丈（約十八メートル）もあり、晴れてさえいれば高輪の大木戸まで見渡すことができた。

その仲町の火の見やぐらまで四町（約四百三十六メートル）しか離れていないのに、冬木町は自前の火の見やぐらを構えている。

高さは二丈半（約七・五メートル）で、仲町の半分ほどしかない。

わざわざ冬木町が自前の火の見やぐらを建てたのは、町の東端に五百坪の材木置き場が設けられているからだ。

木場を間近に控えた冬木町は、材木商の町でもある。富岡八幡宮につながる大通り両側には、材木商と銘木商が軒を連ねていた。

数ある材木商のなかでも、桁違いに身代《しんだい》の大きいのが『木柾《もくまさ》』である。

「深川に暮らしていて木柾の名を知らねえてえなら、そいつあもぐりだ」

町に暮らす者は、木柾とはなんのかかわりもなくても、胸を張って屋号を口にした。

「なんたって、うちの町内の木柾さんてえのはよう……」

胸を張ったまま、男は話を続けた。

「稼ぎもでけえが、町のために遣うカネも半端じゃねえんだ」

橋の架け替えでは、杉を拠出する。

火事で焼け落ちた長屋の普請《ふしん》では、口銭なしで材木を用立てる。

三年に一度の富岡八幡宮本祭《ほんまつり》には、神酒所《みきしょ》に灘の酒の薦被《こもかぶ》りを山と積む。

「冬木町の連中は、祭りのときにゃあ他町《よそ》の連中に幅がきくんだ。木柾さんが、費《つい》えを惜しまねえからさ」

正月になったらぜひとも冬木町に出張ってきねえと、男は自慢話を結びにかかった。

「冬木町が近くなったら、おめえさんの鼻がひくひくすること請け合いさ」

冬木町の大通りには、両側に檜《ひのき》の祝儀板が並べられる。板の厚みは一寸（約三センチ）、幅は一尺《しやく》（約三十センチ）で、長さは一間《けん》半（約二・七メートル）。

この形に大鋸《おおのこ》職人が挽き出した檜板を、ずらりと並べるのだ。

大鋸ひとつで一寸の厚みを挽き出せれば、大鋸職人は一人前だ。その厚みの板を通りに並べるのは、材木商の見栄である。

うちの職人は、一寸板を挽き出せる。

元日の夜明け前から通りに並べられた檜の板は、どれも上部にしめ縄が巻かれている。

材木商が軒を連ねる冬木町大通りは、長さがおよそ二町（約二百十八メートル）だ。その通りの南端から北端まで、正月三が日は隙間なしに檜の祝儀板が並べられている。

町木戸が近くなると、檜板の香りが漂い始めるのだ。

「冬木町の正月は、檜の香りで始まるからよう。元日には遊びにきてくんねえ」

住人に木柾自慢を聞かされた者は、申し合わせたように鼻をひくひくさせた。

「そろそろ、振舞い汁粉《しるこ》の始まりらしいぜ」

木柾の半纏《はんてん》を着た火の見番のひとりが、まねき通りを指さした。

火の見やぐらの先には「まねき通り」が東西に走っていた。

道幅は三間（約五・四メートル）で、町場の通りとしては幅広である。

まねき通りの東の端では、一膳飯屋の『おかめ』と、うなぎの蒲焼きの『松乃井』が、向かい合わせで商いをしていた。

両方の店から漂い出るうまそうな香りは、まねき通りへの引き込み役も同然だった。

とはいえ正月三が日は、おかめも松乃井も商いは休みだ。三丈近くある火の見やぐらに漂っているのは、蒲焼きではなしに、檜板の香りだった。

火の見番が口にした汁粉の振舞いとは、通りの真ん中にある「まねき弁天」の元日行事のことである。

永代寺が、四ツ（午前十時）の鐘を撞《つ》き始めた。振舞い汁粉の始まりは四ツだ。

「早く行かないと、なくなっちゃうよ」

こどもの甲高い声が、やぐらの上にまで届いている。

カラリと晴れた天保七年の元日が、大きく動き始めた。

＊

「どうやら今年も、うちにはこないつもりらしいな」

煙草《たばこ》盆の灰吹きに、徳兵衛《とくべえ》はキセルの火皿を乱暴にぶつけた。

七年も使い込んだ煙草盆である。当初は青々としていた孟宗竹《もうそうちく》の灰吹きも、いまでは飴色に変わっていた。

七年もの間、徳兵衛の機嫌がよくないときは、力任せにキセルの火皿をぶつけられ続けた灰吹きだ。

色も変わっていたが、竹のふちはぼこぼこに波打っていた。

「なんですか、お正月早々から」

連れ合いのおきんが、徳兵衛の不機嫌をたしなめた。

「今年でもう、五十七なんですから」

「そんなわけはないだろう」

徳兵衛は尖《とが》った目をおきんに向けた。

「おまえは去年の正月に、とうとう五十路《いそじ》にさしかかりましたと言ってたはずだ」

徳兵衛の声は、しわがれている。不機嫌さを募らせると、しわがれ具合が増した。

「一年の間に、どういうわけで歳《とし》がいきなり五十七に増えるんだ」

「おまいさん、本気でそんなことを？」

おきんは正味《しょうみ》で、連れ合いの様子を案じていた。

「なんだ、その言いぐさは」

徳兵衛はキセルの火皿を、おきんに向けて突き出した。

「本気でそんなことをとは、それこそ元日からなんという言いぐさだ」

「そんなふうに、あたしに八つ当たりをするのは勝手ですけどねえ」

おきんはふうっとため息をついた。

「あたしにいちゃもんづけをしたところで、おしのも朝太《あさた》も、遊びにはきませんから」

おきんは、徳兵衛に負けぬ強い口調で言い返した。

おしのとは海辺大工町《うみべだいくまち》に嫁いだひとり娘のことで、朝太は初孫である。

「もう五十七だと言ったのは、あたしのことじゃありません。おまいさんがもう、五十七になったんです」

ぴしゃりとおきんが言い切ったとき、まねき弁天のあたりからこどもたちの大歓声が聞こえてきた。

「おまいさんがもう少し偏屈さを引っ込めてくれれば、弁天様の周りで遊んでいる、あのこどもたちも……」

つかの間、まねき弁天のほうを見たあと、おきんはすぐに徳兵衛に目を戻した。

「おまいさんが逢いたくてたまらない孫の朝太も、きっとここに顔を出しますから」

うちは冬木町に一軒しかない駄菓子屋なんですからと、静かな口調で言い置いて、おきんは台所に向かった。

「元日早々から古女房に小言を食らうとは、まったく情けない」

口のなかでつぶやきながら、徳兵衛は新しい一服を詰め始めた。

毎晩楽しむ灘の下り酒『福千寿』一合と、好きなだけ吹かす薩摩《さつま》煙草が、徳兵衛の生き甲斐のようなものだ。

しかしそれは、まことではない。

徳兵衛の正味の生き甲斐は、孫に喜ばれることである。もう少し幅を広げて、こどもに喜ばれることと言ってもいい。

おきんが言った通り、冬木町にある駄菓子屋は、『うさぎや』一軒だけである。深川の他町同様、冬木町にも裏店《うらだな》は数多くある。長屋が多いということは、それだけこどもも多いということだ。

冬木町は材木商の町である。

杉や檜の丸太のいかだを、棹一本で自在に操る川並《かわなみ》（いかだ乗り）。

差し渡し二尺（直径約六十センチ）、長さ三間（約五・四メートル）、目方が五十貫（約百八十八キロ）もある丸太を、わずか三人で運ぶ力自慢の仲仕《なかし》。

こどもの背丈ほどもある大鋸だけを使い、薄板だの角材だのを巨木から挽き出す大鋸挽き職人。

棟梁《とうりよう》相手に、威勢のいい身振り手振りで材木を売り込む手代。後ろに控えた番頭。

土地の材木商で働く者は、いずれも威勢と男ぶりが売り物のおとなである。

そんなおとなをあてこんで、冬木町のとなりには色里の大和町《やまとちよう》が控えていた。

冬木町はもちろん、仙台堀の北岸にも小料理屋や縄のれんが軒を連ねていた。

こども相手の駄菓子屋よりは、金離れのいいおとな相手の商いのほうが、儲けははるかに大きい。

ゆえに冬木町にあった駄菓子屋は、どこも代替わりの折りには商売替えをした。かたくなに駄菓子屋を続けているのは、うさぎや一軒だけである。

徳兵衛はこどもが好きだからこそ、大きな儲けは追い求めず、一文、二文の商いを続けているのだ。

ところが皮肉なことに、こどもには好かれてはいなかった。

長幼の序をわきまえるべし。

良薬は口に苦し。

転ばぬ先の杖。

駄菓子を買いにくるこどもに、徳兵衛はなにかにつけて道理を説いた。

「深川の男なら、そんなせこい真似をするんじゃない」

あめ玉の数を誤魔化そうとするこどもを、本気で叱った。徳兵衛の身体の芯には深川の男としての矜持《きょうじ》が、色濃く流れているからだ。

こどもにはそれがうっとうしいのだ。

さりとてうさぎやのほかは、ふたつ隣の町まで出向かなければ駄菓子屋はない。仕方なくこどもは、うさぎやで買い物をした。

しかし元日は親からお年玉をもらい、こどもはふところが暖かである。

「仲町に行こうぜ」

「八幡様わきの金太郎に、新しい豆鉄砲が入ったらしいぜ」

元日のこどもたちはうさぎやではなく、門前仲町のおもちゃ屋に出向いた。毎年、そんな目に遭うと分かっていながら、徳兵衛は暮れには新しいおもちゃを仕入れた。

今年の目玉は、高さが一尺五寸（約四十五センチ）もある奴凧《やっこだこ》である。

「百文もする凧なんて、売れっこないでしょうに」

仕入れた凧を見るなり、おきんは顔をしかめた。徳兵衛も売れると思って仕入れたわけではなかった。

凧の絵の出来映えの見事さに見とれた。

たとえ売れなくても、店の景気づけになると、自分に言い聞かせて仕入れた凧だった。

徳兵衛の吐き出した煙が、元日の風に乗って店の外に流れ出た。

まねき弁天の振舞い汁粉に群がるこどもが、歓声を上げ続けている。しかしただのひとりも、うさぎやには寄ってはこなかった。

＊

真三郎《しんざぶろう》がうさぎやの前を通りかかったのは、元日の四ツ半（午前十一時）を過ぎたころだった。店の壁には大きな奴凧が飾られている。真三郎はその凧に見とれて、足を止めた。

　初詣《はつもうで》客をあてこみ、広い参道の両側には二百を数えるてきやの屋台が並んでいた。それに加えて富岡八幡宮の近くでは、四間間口のおもちゃ屋金太郎が、元日から商いを始めていた。

　普段の日は敷居が高くて入れないこどもたちも、正月はふところがぬくもっている。正月の三が日は、朝の五ツ（午前八時）から暮れ六ツ（午後六時）まで、土地のこどもたちで大賑わいとなった。

　他の店は雨戸を閉じていても、うさぎやは三が日も律儀に店を開けた。が、冬木町のこどものなかで、うさぎやに顔を出す物好きは皆無だった。

　真三郎が住んでいるのは、冬木町から七町（約七百六十三メートル）も離れた三好《みよし》町《ちょう》の裏店、利三店《としぞうだな》である。よそ者ゆえに、うさぎやを知らなかった。

　冬木町のまねき弁天が、元日の四ツから汁粉を振舞う……真三郎がこれを知ったのは、去年十二月の中旬である。

「おいら、まねき弁天に行きたい」

　母親のおきみに強くせがんだのは大晦日《おおみそか》、つまり昨日のことだった。

「もしもおとっつあんが元日に戻ってこなかったら、行ってもいいわよ」

　母親の返事を聞いた真三郎は、丸くて大きい、子犬のような瞳を曇らせた。

まねき弁天の振舞い汁粉よりも、父親が戻ってくるのが嬉しいに決まっているからだ。

ちゃんが帰ってこなかったら、汁粉が食べられるなんて……。

楽しみに思えた振舞い汁粉が、いきなり色褪《いろあ》せた。

汁粉なんか、食べたくない。そんなものはいらないから、ちゃんが帰ってきて。

強く願いながら、大晦日の床についた。

父親の真二郎《しんじろう》は、大晦日も元日も帰ってこなかった。

大晦日はいつもと異なり、町木戸が閉じる四ツ（午後十時）を過ぎても、真三郎は起きているのを許された。

火鉢には、これもいつもの楢炭とは違う備長炭がいけられていた。

火付きはすこぶるわるいが、ひとたび熾《お》きたあとは強い火力が長持ちする極上の炭だ。

五徳に載った小鍋は、正月祝いの黒豆を煮ていた。

「しっかり番をしていてね」

今夜に限って目の堅い真三郎は、黒豆を焦がさぬための水加減の見張り役である。

おきみ自慢の黒豆は、おごった黒糖で黒光りしていた。

狭い台所に立ったおきみは、弾んだ音をさせて包丁を使っていた。

元日には仕事先から帰ってくるに違いない……連れ合いの帰りを焦がれている分、除夜の鐘が撞かれている間も包丁の音は軽やかに響いていた。

しかし初日の出を迎えても、真二郎は帰ってこなかった。

母親とふたりだけの雑煮を食べたあと、真三郎はまねき弁天へと駆けた。着いたときには、振舞い汁粉は終わっていた。

ひどくがっかりしてまねき通りを歩いているうちに、うさぎやの前を通りかかった。

「そこで見てないで、入っていいぞ」

低い声で徳兵衛に呼びかけられた真三郎は、戸惑い顔を拵《こしら》えた。

日だまりを求めて、徳兵衛の飼い猫が通りに出た。

二

うさぎやの店先で、徳兵衛は立て続けに煙草を吹かしていた。甘い香りの煙だが、続けざまに吐き出されて行き場を失っている。

土間に漂い出る前に、徳兵衛が座っているわきの暦にまとわりついた。

一月二十四日。今年の初天神を、翌日に控えたこの日。

うさぎやの壁に掛けられた日めくり暦は、紙の色が黄ばんで見えた。

暦の真ん中には、太文字で『廿四』の数字が描かれている。

天保七年一月廿四日。小の月。戊申《つちのえさる》。

日にちの左側には、赤字で二十四日の詳細が記されていた。

徳兵衛が毎年師走《しわす》の市で仕入れる品のひとつに『日めくり暦』があった。

大の月、小の月は毎年異なる。しかも年によっては『閏月《うるうづき》』があったりもする。しかも何月が閏月になるかは、その前年にならなければ分からないのだ。

暦はどんな貧乏所帯にも、欠かせない品のひとつだった。

去年（天保六年）は閏月の年で、一年のうちに七月が二度もあった。

通常の七月を二十九日まで送ったあと、閏七月をもう一度二十九日まで過ごした。

閏月のあとの数年は、暦がよく売れた。徳兵衛は去年の師走の市で、暦を十五冊と奴凧ひとつを仕入れた。

奴凧は売れなくても、店の正月飾りになればよしと考えて仕入れた品だった。

暦はきちんとした商いになると考えて、思い切って十五冊も仕入れてきた。

暦の仕入れ値は一冊百五十文。元値に四割の儲けを上乗せし、二百十文で売り出した。

冬木町に一軒しかない駄菓子屋なのに、土地のこどもには人気がない。が、日めくり暦を買うのはおとなだ。

儲け四割は、この手の品にしては決して多額ではなかった。

暦は仕入れた年の大晦日までに売り切る『きわもの』だ。商いに出せる期間が短いだけに、五割以上の儲けをのせて売りに出すのが当たり前とされていた。

徳兵衛は暦で大儲けを狙ったわけではない。暦買いの客が子連れでくることを期待しての仕入れだった。

ところがさっぱり売れなかった。

冬木町の材木商が、年越しのあいさつ品として、屋号入りの暦を配ったからだ。

材木商は豪気な稼業である。一冊二百文以上もする日めくり暦を、何百冊もタダで配った。そのあおりをまともに浴びて、うさぎやの暦は一月二十四日だというのに八冊も売れ残っていた。

煙草好きの徳兵衛だが、いまの吸い方は尋常ではない。思うところを抱え持っているがゆえの、苛立《いらだ》ち隠しの煙草だった。

元日の四ツ半過ぎに店に入ってきた真三郎は、奴凧に見とれていた。

「売値は百文だが、多少のことならまけてもいいぞ」

町内では見かけないこどもだが、徳兵衛が思い切って仕入れた奴凧に見入っている。

売値の百文は、一割少々の儲けしかのっていない。値引きをしたら、売れても赤字だ。

それを承知で、徳兵衛はまけてもいいと口にした。凧に見入っている姿に、気持ちを大きく動かされたからだ。

「ちゃんが戻ってきたら買ってくれるから、売らないでとっといて」

真三郎は見開いた目で徳兵衛を見た。

「それはいいが、おまいさんのおとっつあんはいつ戻ってくるんだ？」

「おっかさんは、初天神までには戻ってくるって言ってた……」

いきなり歯切れがわるくなった。

物言いの奥にひそむわけを感じ取った徳兵衛は、とっておくよと約束した。

「ありがとう」

真三郎の返事に威勢が戻った。ちょこんとあたまを下げてから、土間を出た。店先を離れる前に、真三郎はもう一度、奴凧を見た。

翌々日の三日。

四ツ過ぎに半纏姿の職人が、うさぎやの前を通りかかった。酒が入っているらしく、千鳥足に近い。男はこどもの手を引いていた。

「いい奴凧じゃねえか」

職人はこどもの手を引いて店に入ってきた。

「そこの材木置き場で、凧揚げをしてやるからよう」

「風が吹いてて寒いから、おいら、凧揚げなんかしたくないよう」

「ばかいうんじゃねえ」

店の土間で、男はこどもに怒鳴った。酒くさい息が、徳兵衛のほうに流れてきた。

「正月には凧揚げだぜ」

こどものあたまをゴツンと小突いてから、男は徳兵衛のほうに寄ってきた。

「あれをくんねえ」

「あいにく、売約済みでねえ」

徳兵衛は酒くさい息を吹き飛ばすように、煙を吐き出した。

「そんなこと言わずに、売ってくんねえな」

男はふところから天保銭二枚を取り出した。通用が始まってまだ間もない、一枚で百文通用の天保通宝である。

「こんだけありゃあ、売っても損はしねえだろうがよ」

「たとえ一両出されても、売約済みを売ることはできない」

男の酒くさい息にうんざりした徳兵衛は、客を残して奥に引っ込んだ。

「なんでえ、クソ親爺がよう」

男は大声で毒づいて店を出た。こどもは凧揚げをしなくてすむのが嬉しいらしい。

追いかける足取りは弾んでいた。

真三郎が二度目にうさぎやに顔を出したのは、七草の昼前だった。

「ちゃんがまだ戻ってこないから、もう凧はほかのひとに売ってもらいなさいって……」

取り置いてもらっても、買えないかもしれないから……真三郎は語尾を落とした。

「初天神には帰ってくるんだろう?」

「うん……そうだと思うけど……」

「思うけどが、どうかしたか」

「い、い、もしも帰ってこなかったら、奴凧がおいらのせいで売れ残るもん。そんな迷惑をかけたりしちゃあいけないって、おっかさんに言われたから」

「迷惑なんぞ、かけてはいないさ」

立ち上がった徳兵衛は、壁から奴凧を取り外した。

「この凧は、おまいさんのところに行きたがってるんだ、持って帰っていいよ」

徳兵衛は真三郎に手渡そうとした。真三郎は、顔をこわばらせて後ろに下がった。

「よそさまからモノをもらったりしちゃダメだって、おっかさんがいつも言ってるから」

元日同様にちょこんとあたまを下げて、真三郎はうさぎやから飛び出した。

七草以来、今日にいたるも真三郎は一度もまねき通りに入ってはこなかった。

ボコンと鈍い音をさせて、灰吹きにキセルをぶつけた。

徳兵衛のついた深いため息が、土間にこぼれ出た。

三

一月二十五日。江戸の初天神は晴天で明けた。

洲崎沖の空が明るくなり始めると、深川の夜明けである。海と空とがくっつきあっている辺りが、群青色から薄いダイダイ色に変わり始めたとき。

ゴオーーン……。

永代寺が明け六ツ（午前六時）の捨て鐘第一打を撞いた。

夜明けが明け六ツで、五ツ（午前八時）、四ツ（午前十時）、九ツ（正午）の順に鐘が撞かれる。

正午のあとは八ツ（午後二時）、七ツ（午後四時）、暮れ六ツ（午後六時）、五ツ（午後八時）、四ツ（午後十時）の具合に、撞かれる鐘の数がひとつずつ減った。

時の数だけ打つのが本鐘だが、その手前で捨て鐘が毎時三打ずつ撞かれた。ひとの気を集めるのが、捨て鐘の役割である。

年寄りは朝が早いという。しかし徳兵衛はその歳に似合わず、朝の用がなければ六ツ半（午前七時）まで寝ていた。

ところが初天神の朝は、明け六ツの捨て鐘で床から起き出した。

「あらまあ……」

いつにない連れ合いの早起きに驚き、おきんは目を見開いた。

「北風は強いけど、せっかく気持ちよく晴れてるんですからねえ。お天気が変わるような真似はよしてくださいな」

「つまらないことを言うんじゃない」

渋面を拵えた徳兵衛は、朝飯はどうなっているんだと声を尖らせた。

「これからへっついに火をいれますから」

「その調子じゃあ、メシが食えるまでにはまだ半刻（一時間）はかかるだろう」

「そんなことを言われても、いつもなら五ツ前が朝ご飯じゃないですか」

「今日は初天神だ」

「それがどうかしましたか」

おきんは連れ合いに負けないほどに、声を尖らせた。

「初天神の朝は早起きだと、決まってるだろうが」

「知りませんよ、そんなこと」

ぞんざいな口調で、おきんは徳兵衛の言い分を撥《は》ねつけた。

「所帯を構えて三十五年ですが、初天神の朝が早起きだなんて初めて聞きましたよ」

「余計な口ごたえをしてねえで、とっとと朝飯の支度をしたらどうだ」

「はい、はい」

台所に向かいながら、おきんはプリッと可愛い音を一発放った。

「亭主の前で屁をひるようじゃあ、もはや女を捨てたのか」

徳兵衛が毒づいたときには、おきんはすでに台所の土間におりていた。戸の隙間から、北風が流れ込んできた。

壁にかけた奴凧が、小さく揺れた。

＊

徳兵衛が早起きしてまで待ち侘びていた客は、八ツ前にやってきた。真三郎である。

真三郎はしかし、ひとりではなかった。

「壁にかかっている奴凧を、この子に売っていただけますか？」

「その子に売約済みの凧だ、もちろん売りますとも」

朝から渋い顔を続けていた徳兵衛が、この日初めて目元をゆるめた。

「よかったなあ。おまえさんが言ってた通り、初天神にちゃんが帰ってきたか？」

真三郎に笑いかけた徳兵衛の目から、目やにが剝《は》がれ落ちた。しかし真三郎はうつむいたまま、返事をしない。

あとの言葉に詰まった徳兵衛である。

こどもの前では活きのよさを保ってきたおきみが、つい泣き笑いのような顔を向けた。

「まだなんです」

短いが、精一杯の返事だ。徳兵衛は口に溜まった唾を飲み込み、しわがれ声で応じた。

「考えの足りないことを、言ってしもうた」

こどもに目を走らせてから、おきみに詫びた。声がひときわ、かすれ気味になっていた。

「ごめんなさいは、わたしのほうです」

おきみは詫びながら、あたまを下げた。顔を上げてから、あとを続けた。

「買えるかどうかも確かじゃないのに、値の張る奴凧を取り置いてもらったりして」

ふたりは口に出さぬながらも、真三郎がどれほど傷ついているか、小さな胸の傷みを察していた。

「それで……これから凧揚げを?」

問われたおきみは、戸惑い顔を徳兵衛に向けた。

「この子はあたしに揚げてと言うんですが、一度も凧揚げなんかしたことがないものですから」

おきみは真三郎を横目で見た。真三郎はこのとき初めて、壁の奴凧を見上げた。

「北風が強いから、おっかさんとおいらできっと揚げられるよ」

真三郎は強い口調で言い切った。

父親と揚げたいという思いを、振り払うような物言いだった。

「よかったら、手伝わせてもらいましょう」

「ほんとう?」

真三郎の目に明るい色が宿された。

「こう見えても、こども時分は町内の凧揚げ名人と言われたもんだ」

徳兵衛は自慢げに胸を反り返らせた。

ひたいのしわが伸びていた。


初天神当日の木柾材木置き場は、凧揚げ広場である。徳兵衛・おきみ・真三郎が広場に着いたときには、十人ほどのこどもがすでに凧揚げに興じていた。

「わしが腕を振り下ろしたら、素早く奴凧を放しなさい」

「分かりました」

素直な返事のあと、真三郎は奴凧を抱えて徳兵衛から離れた。

凧糸は徳兵衛とっておきの、長さ二町（約二百十八メートル）の太巻きである。真三郎は徳兵衛から四半町（約二十七メートル）離れた場所で立ち止まった。徳兵衛は糸巻きの持ち方で、糸の張り具合を調《ととの》えた。

風は凧揚げにお誂《あつら》え向きの北風である。糸をぐいっと引いてから、徳兵衛は左腕を振り下ろした。

真三郎の手から奴凧が離れた。

凧揚げ名人というのは、偽りではなかった。

手から離れた凧は、見事に風を摑《つか》んだ。

風に乗った奴凧は、ぐいぐい空を駆け上っていく。他のこどもの凧よりも、奴凧は小型だ。しかし風の摑み方は、徳兵衛のほうが図抜けて上手だった。

「すげえなあ、あの奴凧」

「あっという間に、一番高く揚がったよ」

「だれが揚げてるのか、見に行ってみようよ」

凧揚げ見物のこどもたちは、群れになって徳兵衛の近くに駆け寄ってきた。

近寄ってきたこどもには目もくれず、徳兵衛は糸巻きを真三郎に持たせた。

「くるくると回せば、凧はどんどん空を駆け上るぞ」

糸巻きの使い方を伝授してから、徳兵衛は真三郎に持たせた。寄ってきたこどもたちは、羨望の目を真三郎に向けた。

「あのおじいさん、おいら知ってる」

うさぎやのおじいさんだと、こどもは仲間に教えた。

「おじいさんは余計だ」

あたまを軽く小突いてから、徳兵衛は店から持参してきた飴玉をこどもたちに配った。

「初天神のお年玉だ」

「ありがとう」

こどもたちはそろってあたまを下げた。

「うさぎやのおじいさんって、おっかなくないじゃん」

「あしたっから、行ってみようぜ」

こどもの小声は北風に乗って、徳兵衛の耳に届いた。ひたいのしわがまた伸びた、そのとき。

半纏姿の男が、三人のほうに歩いてきた。

「あっ……」

おきみの声も表情も弾んでいた。

「おかえり！」

飛び切りの明るい声に、半纏の男も手を振って応えた。急ぎ足で向かってきながら、挙げた手をこどもに向けた。

「おうい、真三郎」

真三郎は、糸巻きを摑んだまま振り返った。

高い空で、奴凧が嬉しげに身体を揺らした。

第二話　鬼退治

一

東西に延びるまねき通りでは商い品目も身代の大きさも異なる商家が、十四軒もひさしをくっつけ合っていた。

東の取っ付きは一膳飯屋のおかめと、うなぎ屋の松乃井が向かい合わせで互いに食い物商売を営んでいた。

おかめは母親のおさきと、ひとり娘のおみつが店を切り盛りしている。揚げ物と煮豆の美味《うま》さが評判の店で、五ツ（午後八時）までの商いだ。

おかめの本来は、江戸のどこの町内にもある一膳飯屋だったのだが……。

「すまねえが、この金時豆をよう。小鉢一杯分、持ち帰りに売ってくんねえな」

「だったら、おれにも分けてくれよ」

「長屋で寝酒をやるときには、打って付けのあてになるからよう」

おかめでメシを食う客の多くは、長屋暮らしのひとり者である。おさきの拵える煮豆も、おみつの手による揚げ物も、持ち帰りにしたいという客が続出した。

「あんなにみんなに喜ばれるんなら、いっそのことお店の隅で、何品かの煮売りも始めてみようよ」

娘が言い出すことに、おさきは逆らわない。持ち帰り客を見込んで、煮物と揚げ物の調理する量を五割増しにした。

評判は上々で、いまでは長屋の女房連中もおかずの一品に買い求めている。美味さと値段が見事に釣り合っており、暮れ六ツ（午後六時）前には売り切れた。

向かい側の松乃井は、うなぎの蒲焼きを商う店だ。二階家の松乃井は一階が店売りで、二階には四畳半の客間が廊下を挟んで向かい合わせに四部屋普請されていた。

松乃井の蒲焼きは、タレが甘くない。辛口に焼き上がった蒲焼きに、粉山椒《こなざんしょう》をひと振りするのが、松乃井のうなぎの食べ方だ。

「ここのノロ（うなぎ）を食い慣れると、よその蒲焼きは甘くていけねえ」

「そのことよ。たっぷりタレのかかったおまんまなら、ノロがなくてもどんぶり一杯は食えるぜ」

松乃井の常連客には、辛口のタレが好評だった。それに加えてもうひとつ、蒲焼きに添えて出す豆腐の吸い物の評判もよかった。

「吸い物にへえってるのは、三つ葉と豆腐だけだからよう。たっぷり吸っても、ノロの邪魔はしねえやね」

「そうは言っても、豆腐の美味さがあってこその吸い物だぜ」

吸い物の味を褒める客は、かならず豆腐が美味いことに言い及んだ。

松乃井に豆腐を納めているのは、まねき通りなかほどの豆腐屋、『近江家《おうみや》』である。

近江家の豆腐は松乃井に限らず、まねき通りに店を構えているすべての商家が、ほぼ毎日買い込んでいた。

冬木町には、近江家のほかにも豆腐屋は三軒あった。が、美味さでは近江家が抜きん出ていた。

「近江家の豆腐に、削り節をパラパラッと散らしてよう。おろし立ての生姜《しょうが》をわきに添えて、銚子か野田の醤油をひとっ垂らしだ。そいつを毎日食えるなら、おれは生涯、カカアなんぞはいらねえ」

所帯を構えられないひとり者は、近江家の豆腐をダシに使って強がりを言った。

水戸産の大豆を選《え》りすぐって使う近江家の豆腐は、豆の美味さがしっかり封じ込められている。冬場なら、ひと晩やり過ごした豆腐でも、充分に美味さは残っていた。

近江家が仕込みを始めるのは、夜明け前の七ツ半（午前五時）の四半刻（三十分）

も前である。まねき通りの商家のなかでは、一番の早起きだった。

仕上がった豆腐が、杉の水風呂につかるのが六ツ半（午前七時）だ。

通い職人の多くは、六ツ半にはすでに仕事場に向かっている。しかし商家の奉公人は、六ツ半過ぎから朝飯が始まるのだ。

ゆえに近江家の口開けの客は、長屋のカミさん連中ではなく、商家の女中が多かった。


天保七年二月三日。節分のこの朝も、近江家はいつも通り、六ツ半に豆腐の売り出しを始めた。

開店を待つ商家の女中たちが、てんでに器を手にして店先に群がっている。この光景も、いつも通りのものだった。

見慣れた毎朝の光景のなかで、ただひとつ違っていたのは、あるじの弥五郎《やごろう》のありさまだった。

豆腐屋の親爺にしては、弥五郎は様子が図抜けてよかった。店の客は、大半が女である。

客の受けをよくしたいらしく、弥五郎は毎日、月代《さかやき》にカミソリを入れていた。青々とした月代は、豆腐の白さを際だたせた。

身なりにも気を遣っていた。前垂れはいつも洗いざらしだったたし、長袖の上っ張りは襟元に鏝《こて》があたっていた。

そんな弥五郎が、ひたいに二寸角（六センチ四方）もある膏薬《こうやく》を貼り付けていた。膏薬が、弥五郎の様子のよさをぶち壊しにしていた。

尋常ならざる大きさの膏薬である。

器を手にした女中たちは、なにごとが起きたのかと互いに顔を見交わしていた。

「いらっしゃい」

弥五郎の物言いも、いつになく無愛想だ。

近江家の向かい側は、まねき弁天である。社《やしろ》の床の下に住み着いている黒犬が、いぶかしげな目で弥五郎を見ていた。

二

まねき通りの南側には、与助店《よすけだな》と宗八店《そうはちだな》のふたつの裏店が並んでいる。

どちらも九尺二間《くしゃくにけん》が一棟に三軒連なった、いわゆる「三軒長屋」だ。両方の裏店とも、その三軒長屋が三棟、川の字になって建てられていた。

裏店はどこも、差配《さはい》の名が店名である。

与助店の差配は与助、五十三歳。深川の差配としては、五十三歳はまだ若手だった。

この歳で差配になれたのは、与助は若い時分からカネを蓄えて、五十路を迎えると同時に差配株を買ったからだ。

それだけに与助のつましさは、冬木町の隅々にまで知れ渡っていた。

「裏店の差配は因業が通り相場だが、おめえんところの差配てえのは、因業さが際だってねえか」

よその裏店の住人が、仕事仲間を相手に与助のうわさを交わしていたら……。

「ばかやろう、妙な物言いをするんじゃねえ。際だつてえ言い方は、ひとを褒めるときに使うんだ」

与助店の店子だった仲間は、口を尖らせて食ってかかった。

「うちの差配は、因業の権化《ごんげ》だ」

「なんでえ、権化てえのは」

「ひとに化けた物《もの》の怪《け》を、権化てえんだ。与助てえ差配は、因業が木綿の長着《ながぎ》を着て歩いているも同然だぜ」

散々に差配をわるく言っている男は、月に四百七十文の店賃を、すでに三月《みつき》分も溜めていたのだが……。

とにかく与助は、しわい差配として名が通っていた。そんな差配の裏店に暮らす住人も、負けず劣らずしたたかで、口うるさい。

三棟の真ん中、井戸の正面の九尺二間に暮らすおときは、与助店で一番うわさ好きな婆さんである。

この正月で還暦を迎えたというのは、当人が言っていることだ。が、還暦を祝う親類縁者は、ひとりも顔を見せなかった。

おときは図抜けて背が高い。寄る年波ゆえか、肌にはしわが目立つ。しかし背筋は、いまだぴんと伸びていた。

まねき通りの太物屋『ゑり元』は、太物（絹以外の綿織物・麻織物）だけではなく、古着も扱っている。

「驚きましたよ。おときさんの上背は、いまでも五尺七寸（約百七十三センチ）もある」

ゑり元のあるじ大三郎《だいざぶろう》が、今年の七草にぼそりと漏らした言葉である。

還暦祝いにだれもたずねてこないおときだが、店賃を溜めたことは一度もない。若い時分の蓄えを、細々と食いつないでいるというのが与助店の住人たちの言い分である。

もっとも、その若い時分におときがなにをやっていたかは、だれも知らなかった。

仕事をしているわけでもないのに、店賃も他の品物のツケも、一度として払いを溜めたことはない。

　口は悪いが、ひとをあてにして寄りかかることはしないのだ。

　祝儀・不祝儀の割り前を集めに行くと、

「これしかないけど、勘弁してちょうだい」

　おときが出すのは、決まって南鐐《なんりょう》二《に》朱銀《しゅぎん》一枚である。

　長屋は祝儀五十文、不祝儀四十文が一軒の相場だ。おときが出す南鐐二朱銀は、一枚で六百二十五文にも相当する銀貨だ。

「おときさんが差配をやってくれりゃあ、うちの長屋も、もうちっと暮らしやすいだろうによう」

　住人が口を揃えるほど、ここ一番の払いを惜しむことはしなかった。

　とはいえ、おときは口うるさい。

　しかもうわさ好きである。

　長屋の住人もまねき通りの商家も、おときとは間合いを詰めないように気を遣った。

　気づいていないのは、おとき当人のみだ。どこに行っても、おときは物言いに遠慮がなかった。

「ここの商いにはかかわりのないことだから、おりょうさんに訊くのはわるいと思うのだけどさあ……」

「なんでしょう」

近江家の女房おりょうは、明るい口調でおときに応じた。

おときは背中を少し丸くして、おりょうのほうに一歩を詰めた。

「今日は豆まきだからさ。豆を少しわけてちょうだいって言ったら、おたくの旦那は、あたしの前で思いっきり顔を歪《ゆが》めてさ」

うちは豆腐屋で、豆屋じゃない。

豆がほしければ乾物屋の『小島屋《こじまや》』か、米屋の『野島屋《のじまや》』に行ってくれ。

弥五郎は無愛想な口調で、おときに答えた。

「様子がいいのが自慢だろうけど、今日のおたくの旦那は、おっきな膏薬を貼り付けてさあ。なにが気に入らないかは知らないけど、あたしに八つ当たりをしたんだよ」

いったいおたくの旦那は、どうなってるんだい？

だれもが聞きたくてたまらないことを、おときは淀みのない物言いで問い質《ただ》した。

おりょうは返事の前に、前垂れで手を拭った。豆腐顔負けの色白で、しかも長い指だ。

「あのひとが無愛想なのは、膏薬を気にしているんでしょうけど、自分でやったことのツケですからねえ」

おりょうは突き放した物言いをした。

歯切れがいいのは、おりょうの売りのひとつである。

しかしどれほどポンポンと言葉を口にしても、おりょうの物言いにはぬくもりがたっぷりと含まれていた。

相手を突き放した物言いは、かつて一度もなかったことである。

おときのみならず、店先にいた四人の客が聞き耳を立てた。

鬼わあーーー外おううーーー。

火の見やぐらのあたりから、豆まきの声が聞こえてきた。

三

「今年のお化《ば》けは、やたら気がはええじゃねえか」

火の見やぐらの上にいる健太郎《けんたろう》は、身を乗り出して松乃井の店先を見おろした。

てんでに異なる装束を身につけた大和町の女郎《じょろう》衆が、まねき通りに入ろうとしていた。

「まだ九ツ（正午）前だ。たしかに今年のお化けは気がはええぜ」

健太郎に並びかけた達次《たつじ》も、やぐらの上から身を乗り出した。

毎年節分の日には、深川の辰巳《たつみ》芸者と大和町の女郎衆が、思い思いの装束をまとって近所の町を練り歩いた。

それを土地ではお化けと称した。

「お化けが出たら、節が変わって本当の春がやってくる」

深川冬木町にあらわれるお化けは、春を招き寄せる使者だった。

材木商を回るのは辰巳芸者。

商家や民家、裏店を回るのは大和町の女郎衆というのが、町の決めごとである。まねき通りは、大和町の女郎衆の受け持ちだった。

お化けの出番は、八ツ（午後二時）の鐘が鳴り始めてから……。

はっきりと定まっているわけではないが、毎年、お化けは八ツを過ぎてから町にあらわれた。

「怖いモンが出るのは、丑《うし》三つ時（午前二時から二時半ごろ）と相場が決まってるんだ。昼に出るお化けだって、八ツどきなら馴染《なじ》みがあるというもんだ」

町の隠居は、したり顔で出番の刻限に講釈を垂れた。それに合わせたわけでもないが、節分のお化けは八ツどきと定まっていた。

今年はなぜか、九ツにもならないうちに大和町から出張《でば》ってきたのだ。火の見やぐらのふたりがいぶかしがるのも無理はなかった。

「達の字よう」

「なんでえ」

「今年のお化けがやたら早くから出てきたのは、ゆんべの騒ぎとかかわりがあるのかもしれねえぜ」

健太郎は、訳知り顔で相棒を見た。

「なんでえ、ゆんべの騒ぎてえのは」

「おめえ、あの大和町の騒ぎを知らねえてえのか」

「知らねえから訊《き》いてんじゃねえか」

達次が声を荒らげた。

健太郎も達次も、同じ年の二十五だ。が、ふたりの気性はまったく違っていた。なにごとによらず訳知り顔で話すのが、健太郎のくせである。短気な達次が食ってかかるというのが、いつもの筋書きだった。

「あの騒ぎのなかにいなかったのは、おめえも惜しいことをしたなあ」

健太郎は仔細を話さずに、まねき通りに目を戻した。

「もったいをつけてねえで、とっととわけを聞かせろ」

焦《じ》れた達次は、健太郎の肩を叩いた。

桃太郎の衣装をまとった岡田屋の女郎おいくが、足駄《あしだ》を踏み鳴らしてまねき通りに入って行った。

＊

色里では日付が変わった九ツを中引《なかびけ》と呼ぶ。町場では寝静まった真夜中だが、色里はまだまだ騒ぎの続く刻限だ。

遊び客は敵娼《あいかた》に気に入られようとして、せっせと遊郭自慢の酒肴を振舞う。これが中引ごろである。

真夜中を過ぎても明かりを落とさなかった色里が、ひとつ、またひとつと灯火を消し始めるのが大引《おおびけ》、八ツ（午前二時）だ。

敵娼は、大引を過ぎてから客のもとにあらわれる。客はふられたくないばかりに、手前でひたすら敵娼に尽くす。

ゼニを払って遊びに行ってはいても、敵娼と閨《ねや》をともにできるかどうかは、分からないのが遊郭の仕来《しきた》りだった。

ふられた客が文句をいうと、野暮なやつだと見世《みせ》から嗤《わら》われる。そんな目に遭わぬようにと、客は遊びに行ったさきでも仕事場以上に涙ぐましい努力をした。

近江家弥五郎には、大和町の中見世岡田屋が馴染みの遊郭だった。

「豆腐屋のあるじだけあって、色白で瓜実顔《うりざね》だしさあ」

「それはそうだけど、様子のいいのを鼻にかけるところがあるからねえ」

「ほどほどに祝儀をくれるんだからさ。あんまりわるく言うのはおよしよ」

「おカミさんの目を誤魔化して、遊びのお足をくすねてくるんだから、ご祝儀だって大したことはないよ」

岡田屋の姐《ねえ》さんがたには、それほど評判がいいわけでもなかった。

しかし大和町と冬木町まねき通りは、隣町の近さだ。節分のお化けでは、大和町の女郎衆が通りを練り歩く間柄でもある。

女房おりょうの目を盗んでの遊びとはいえ、一夜の愉快に一両二分のカネを落とす客でもあるのだ。

大工の手間賃が出面《でづら》（日当）五百文のいま、一両二分は十五日分の手間賃に相当した。

弥五郎は二のつく日（二・十二・二十二）には、律儀に一両二分の遊びを続けていた。

中見世の岡田屋には、ほどほどの上客である。女将《おかみ》は弥五郎の注文には、都合のつく限り応じていた。

二日の夜に遊びにきた弥五郎は、おいくを敵娼にと牛太郎《ぎゅうたろう》（見世の若い者）に名指した。

馴染みの女郎が見世を退《ひ》いたあとの、初の遊びだった。岡田屋の売れっ子おいくとは初回である。

「明日は節分で、うちの商売は忙しくなるからよう。中引過ぎに床入りとさせてくんねえ」

「初回で床入りてえのは、ちょいと……」

牛太郎は返事を渋った。

「それは聞こえねえぜ」

馴染み客だとの自負がある弥五郎は、牛太郎にきつい目を向けた。

「言いたかあねえが、いままでおめえに祝儀は惜しまなかったぜ」

弥五郎は強い口調で言い放ったあと、牛太郎に小粒銀二粒（百六十七文相当）を握らせようとした。

「そいつあ無用でさ」

受け取りを拒んだ牛太郎は、立ち上がって弥五郎を見下ろした。

「おいらんがどう言うか、訊くだけは訊いてみやす」

牛太郎は肩を怒らせて茶の間を出た。戻ってきたときには、あごが前に出ていた。

「今夜は馴染みの客がいるからお相手はできねえと、おいらんはそう言ってやす」

牛太郎はぶっきらぼうな口調で、弥五郎においくの返事を告げた。

岡田屋にくる前、弥五郎はおりょうと一悶着を起こしていた。節分の前夜に遊びに出る弥五郎を、おりょうがたしなめたからだ。

息子の泰吉《たいきち》と娘のちはやも、おりょうの肩を持った。次女のちまきは、家族の口喧嘩に怯《おび》えて泣き出した。

そんなむしゃくしゃを引きずって、弥五郎は遊びに来ていたのだ。

「なんでえ、その言いぐさは」

腹立ちを抑えきれず、弥五郎は牛太郎に殴りかかった。

豆腐屋稼業は力仕事である。毎日豆絞りを続ける弥五郎の二の腕は、力こぶが固く盛り上がるほどに鍛えられていた。

しかし荒事は、牛太郎のほうが堅気の豆腐屋よりも場慣れしている。

ひょいと体《たい》をかわした牛太郎は、突き出された弥五郎の腕を逆手にとって捻《ひね》りあげた。

「ばかやろう、腕をはなしやがれ」

「ご注文とあれば」

牛太郎は、摑んでいた腕を突き放した。

暴れていた弥五郎はたたらを踏んだ。

勢いは止まらず、顔から茶の間の簞笥《たんす》にぶつかった。

弥五郎の顔に貼られた膏薬のわけである。

四

犬を供に連れた桃太郎が、近江家の店先で立ち止まった。

桃太郎は岡田屋のおいらん（女郎）、おいくである。供の犬は、おいらん付きのこども（見習い女児）が扮していた。

「福は内にござああいーーー」

小豆《あずき》色のあわせ半纏を着た箱屋が、桃太郎のわきで調子をつけた。

御座敷に向かう芸妓《げいこ》につき従い、箱に入れた三味線を持ち運ぶ若い衆が箱屋である。

箱屋を従えて往来を行くのは、売れっ子芸者のあかしとされていた。

しかしおいくは芸者ではなかった。

おいくを抱える岡田屋も、検番（芸者の周旋所）ではなく色里の遊郭である。

芸者でもないおいらんが箱屋を従えているのは、ただの女郎ではないというおいくの見栄だった。

近江家の店先に立ち止まったおいくに、まねき通りを行き交う買い物客の目が集まった。

桃色地のあわせの胸元と背中の両側に、巨大な桃の実が描かれていた。実は熟れており、下に敷いた緑葉が桃の色味の引き立て役となっている。

この日のお化け行列のために、おいくが自前で誂えた衣装だった。

帯は黒一色で、帯留めは細い紅。素足で履いている下駄は黒塗りで、鼻緒は帯留めと同色の紅色だ。

おいくが結った武者髷《むしゃまげ》を、装束と履き物が盛り立てている。わざと産毛《うぶげ》を残したうなじと、鼻緒越しに見える素足が、おいくの色艶をあおり立てていた。

桃太郎のおいくは、近江家のなかをのぞき込んだ。あるじの弥五郎の姿を追っているかのようだ。

節分のお化け行列は、まねき通り商家のだれもが楽しみにしている。春を呼び込む縁起のよい行列だからだ。

近江家次女のちまきは、今年で十二歳。

娘へと育ち行く戸口に立つ年頃だ。しかし、まだまだお化け装束を見るのが楽しみなこどもでもあった。

ちまきは店の戸口まで出ていた。

ちまきの後ろには母親のおりょう、兄の泰吉と姉のちはやが並んでいた。

しかし近江家あるじの弥五郎の姿は、どこにも見えなかった。

わずかに口元を歪めたおいくは、供の犬に目配せをした。

わん、わん。

軽い調子で吠えた供の犬は、たもとから半紙の包みを取り出してちまきに近寄った。

わん。

包みを受け取れといわんばかりに、ひときわ大きく吠えた。

行列は大好きだが、犬のお化けは初めてである。手を出せずに、ちまきは戸惑い顔を拵えた。

わん、わん。

犬はむきになって吠えた。

おいくに従っているこどもは、ちまきと同じ年格好だ。ついつい、張り合う気になったのかもしれない。

「ありがとう」

ちまきに代わって、おりょうが受け取った。

後ろに下がろうとした犬を呼び止めたおりょうは、小粒銀ひと粒の入ったポチ袋を差し出した。

墨で肉球を描いた手で、こどもは祝儀袋を受け取った。

おりょうはちまきの耳元で、包みを開くようにささやいた。桃太郎の見ている前で半紙を開き、お化けに笑顔を見せるのが作法だからだ。

ちまきは小さな手で包みを開いた。

色塗り砂糖漬けのお多福豆四粒が出てきた。

おりょうの表情が動いた。

「鬼は外。福は内」

箱屋の口上で、桃太郎と犬が近江家の店先を離れようとしたら……。

「お茶を一杯、呑んでってくださいな」

有無をいわさぬ強い口調で、おりょうは桃太郎を呼び止めた。

わん、わん。

本物の犬が、小声で吠えた。

＊

桃太郎は、土間から見通せる八畳間に招き上げられた。犬と箱屋は、土間の隅に置かれた腰掛けに座っていた。

「粗茶ですが、どうぞ」

おりょうが勧めたのは、ちはやに支度させた煎茶だった。

湯呑みは純白の伊万里焼。茶の淡い緑色の美しさが際だって見えた。

茶のいれかたに、おりょうはことのほかうるさい。母親から厳しく仕込まれたちはやは、まねき通りの娘のなかで一番上手に茶をいれると評判だった。

茶には、朱色の菓子皿に盛られた干菓子が添えられていた。町場の豆腐屋とも思えない、上等なもてなし方である。

日本橋室町《むろまち》の京菓子老舗《しにせ》、鈴木越後独自の模様が干菓子の表面に描かれている。色味は淡い紅と純白で、梅鉢をかたどっていた。

菓子皿に盛られた干菓子を見て、桃太郎の顔つきが大きく動いた。

「察しがつくとは、さすがは岡田屋のおいくさんですね」

おりょうの声音は、女としては低い。物静かに語りかけると、深みが増した。

「ご内儀《ないぎ》さまは、もしかして……」

あとの口を閉じたおいくに向かって、おりょうはきっぱりとうなずいて見せた。

「もとは、南にいました」

おりょうはみずからの口で、おいくに素性を明かした。

江戸城の北にあたるということで、吉原には『北國《ほっこく》』の別称があった。

同様に、深川は『辰巳』と呼ばれた。

おりょうが口にした南というのは、品川遊郭の別称である。

弥五郎は品川の中見世にいたおりょうに夢中になった。

「おめえの年《ねん》が明けたら、頼むからおれと所帯を構えてくんねえ」

当時の弥五郎は、おのれの様子の良さを鼻にかけるところは皆無だった。

頼み込む口調にじつを感じ取ったおりょうは、弥五郎と行く末の約束を交わした。

一番札は張れなかったが、相当の売れっ子だったおりょうである。偽りの媚びは見せなかったが、さりとて無愛想に接して客に恥をかかせることもしなかった。

豆腐屋の若女房におさまったあとは店を手伝い、舅《しゅうと》・姑《しゅうとめ》にも尽くした。

「品川のおんなを嫁に迎えて、近江家さんも大変だろうに……」

周囲の声を、おりょうは自分の力で黙らせた。弥五郎の両親《ふたおや》とも、嫁にこころからの感謝の言葉を残して目を瞑《つむ》った。

長男泰吉が弥五郎について豆腐作りの修業を始めたころに、次女を授かった。

弥五郎の色里通いがぶり返したのは、両親が目を瞑ったあとである。

豆を惜しまない近江家の豆腐は、美味さに抜きん出ていた。それに加えておりょうの客あしらいのよさが、大いに評判を呼んだ。

近江家の商いは、すこぶる順調である。泰吉も父親の腕のよさを引き継いでおり、先行きを案ずることはなにもなかった。

長女のちはやは、今年で十八。おりょうの気立てのよさが幸いして、縁談も幾つも持ち込まれている。あえて近江家の疵《きず》をというなら、弥五郎の大和町通いだった。

当人はおりょうの目を盗んで遊んでいるつもりだ。しかしおりょうは、南にいた女である。亭主の遊びは、とうの昔に見抜いていた。

が、稼業に障りとならない限り、口うるさいことを言う気はなかった。

品川に比べれば、大和町は格下の色里だ。いちいち文句を言わないのは、南の女だったがゆえの見栄だった。

そんなおりょうが、あえておいくを呼び止めたのは、お多福豆を見たからである。

砂糖漬けのお多福豆は、いやな客に縁切りを伝える色里の秘密のまじないだ。

もとより弥五郎は知らない。

しかし、おりょうにはお見通しだった。

「なにがあったかは訊きませんが、お多福豆はやり過ぎでしょう」

おりょうは弥五郎をいまでも好いている。亭主がおいらんからお多福豆を押しつけられることには、女の見栄が許さなかった。

「ゆうべの膏薬騒ぎで、あのひとも正味で懲りているはずです」

おいくを正面から射貫いた眼光には、さすが品川で板頭《いたがしら》を張った花魁ならではの凄みがあった。

大見世の花魁は、売れっ子の順に名を記した板を吊り下げて客に見せていた。一番の売れっ子が上《かみ》の一番、板頭だ。

格の違うおりょうの眼光と物言いとをまともに浴びて、おいくの顔がこわばっていた。

「このうえの追い討ちは、花魁に災いとなって降りかかりますよ」

おりょうは軽い口調でおいくをたしなめた。が、ただの軽さではない。

南にいたおりょうだからこそ、自在に操ることのできる軽さである。

おいくは息が詰まったような顔になった。

おりょうは笑みを浮かべていた。

格の違いを思い知ったのか、おいくは吐息を漏らした。

「ばかなことをしでかしました」

詫びにはおいくの正味が詰まっていた。

うなずいたおりょうは、ちはやを呼んだ。

「豆を持ってきなさい」

「分かりましたあ」

明るい声で応じたちはやは、五合枡にすり切りに盛った豆を手にして戻ってきた。
「お引き留めしました」
促されて、おいくは土間におりた。
おいくとのやり取りを見ていた箱屋は、おりょうの前身に察しがついたらしい。
軽く会釈をした箱屋は、犬のたもとを引いて土間を出た。
続いて店から出た桃太郎は、両手を垂らして見得を切った。
降り注ぐ陽差しが、おいくのうなじを照らしている。
「鬼は外」
おりょうは高い空に向けて、ひと握りの豆を撒いた。
なかのひと粒が、桃太郎のうなじに落ちた。
わん、わん。
まねき弁天に棲み着いた犬が、手打ちの吠え声を発した。

第三話　桃明かり

一

野島屋は、まねき通りで一番所帯が大きい商家である。

奉公人は番頭、手代、丁稚《でっち》小僧に女中まで、住み込みの者だけで三十五人もいた。

ほかに通いの職人が二十人。

総勢五十五人の奉公人を抱えた所帯は、冬木町のみならず深川全体を見回しても大《おお》店《だな》といえた。

当主野島屋昭助《しょうすけ》は五代目で、今年が本厄の四十二歳だ。

先代（大旦那）も、その連れ合い（大おかみ）もまだ健在である。ふたりは五百坪もある敷地の一角に普請した、総檜造りの隠居所に起居していた。

ゴトン、ゴトン……。

夜明けまでまだ半刻（一時間）もある、三月三日の七ツ半（午前五時）。

空にはたっぷりと前夜の星が残っていたが、野島屋の搗《つ》き米《ごめ》（精米）場では、すでに職人が仕事を始めていた。

「おっかあよう」

近江家のあるじ弥五郎が、桶を洗っている女房に呼びかけた。亭主に目を向けたおりょうは、まだ夜明け前だというのに、すでにひたいに汗を浮かべていた。

「今朝もまた、野島屋さんは早起きだぜ」

「今日は桃のお節句だもの」

桶を洗う手をとめたおりょうは、首に回した手ぬぐいで汗を拭った。

「振舞いの支度で大忙しなのよ」

「いけねえ、今日はひな祭だったか」

弥五郎は水に濡れた手で、ひたいを叩いた。うっかり物忘れをしたときの、弥五郎のくせである。

「ちまきに、ひなあられを買ってやると約束してたのを、すっかり忘れてたぜ」

「分かってますよ」

おりょうは、仕事着の胸のあたりをポンポンと軽く叩いた。

「買っといてくれたのか？」

安堵《あんど》した弥五郎は、声を弾ませた。

「このところのおまいさんが、仕事のことにしか気がいってないのは、ようく分かっていますから」

おりょうの口調は明るい。

先月の膏薬騒動とお化け行列の顚末《てんまつ》で、弥五郎の夜遊びはぴたりと仕舞いを迎えていた。

亭主が気をいれて豆腐作りを続けているのが、おりょうには嬉しくて仕方がないらしい。なにをしゃべるときでも、声はすこぶる明るかった。

「昨日のうちに、一升枡に山盛りのひなあられを買っておきましたから」

弾んだ声でおりょうが応じた。

ゴトン、ゴトン。

搗き米の音が、調子を速めていた。


野島屋は二十間（約三十六メートル）間口の大店である。店の裏手には、五十坪の搗き米場が構えられていた。

いつもは五ツ（午前八時）から暮れ六ツ（午後六時）まで、二十人の搗き米職人が交替で仕事をしている。

例外は年の瀬だ。年末には凄まじい量の注文が押し寄せるために、夜明け前から五ツ半（午後九時）まで、ぶっ通しで仕事が続けられた。

しかし今朝は三月三日だ。年末のように、米の注文が殺到する時季ではなかった。にもかかわらず、夜明け前から搗き米職人が働いていた。もちろん、わけがあってのことだ。

三月一日に、本所の料亭から大量の搗き米注文が飛び込んできた。

「本所深川の火消し組十六組が、三月三日の暮れ六ツから、うちの大広間を使って寄合を催します」

頼りにしていた地元の米屋が不祥事を起こし、急な上がり株（廃業）を言い渡された。

「三石《ごく》もの急ぎの搗き米ができるのは、野島屋さんしかありませんから」

料亭の女将がみずから野島屋をおとずれて、ぜひにと頼み込んだ。

同席した冬木町のかしらにもあたまを下げられた昭助は、引き受けざるを得なかった。

納めは今日の八ツ（午後二時）。

ひな祭の振舞いで忙しいから……おりょうが口にした見当は外れていた。が、野島屋の二十坪の炊事場では、ひな祭の振舞い支度も夜明け前から進められていた。

二

搗き米屋は、大きな音の出る稼業である。また時季によっては、夜明けから日暮れまで、ガタン、ゴトンと音を出し続けることになる。

「搗き米屋の近所だけは、どんだけ店賃が安くても借りちゃあいけねえよ」

家を借りるとき、搗き米屋の近所は避けろというのが、通り相場になっていた。

野島屋初代は、開業当初から搗き米が発する音を気にしていたのだろう。

五十坪もある搗き米場を、仙台堀に面して普請した。こうすることで、搗き米の音は堀幅十間（約十八メートル）の仙台堀に向けて流れ出た。

堀を隔てた向かい側には、開業当時は材木商の仕事場が建ち並んでいるだけだった。

「この場所であれば、朝早くから搗き米仕事を始めても、みなさんにご迷惑をかけることはない」

野島屋初代はそう判じて、五十坪の搗き米場を普請した。

しかし時の流れのなかで、江戸の住民は毎年、倍々に増えていった。開業当初は民家がまばらだったまねき通りの南側にも、開業から二十年を過ぎたときには長屋の普請が始まっていた。

天保七年のいまは、与助店と宗八店のふたつの長屋が建ち並んでいた。

まねき通りに店を構える商家も、野島屋開業当時に比べれば、七軒も増えていた。

初代が店を構えたときのまねき通りには、方々に空き地があった。いまは商家と商家の間には、ひとが横になってようやく入れるほどの隙間しかない。

いかに野島屋が仙台堀に向けて搗き米場を構えていようとも、生ずる音はまねき通りを通り越して、与助店と宗八店の路地にまで届いていた。

一年に一度、野島屋は近隣の住人に罪滅ぼしの振舞いを行った。

振舞いは三月三日のひな祭、四ツ半（午前十一時）から九ツ半（午後一時）までの一刻である。

十歳までの女児に、甘酒と紅・白・緑の三色菱餅を、数に限りをつけずに振舞った。

「さすがは搗き米屋だぜ、祝儀物の菱餅《ひしもち》でも美味さがまるっきり違ってらあ」

「数に限りはつけねえてえからよう。うちのガキは二度でも三度でも並ばせるつもりだ」

野島屋の振舞いの豪気さは、仙台堀沿いの町々に知れ渡っていた。

振舞いが始まるまでに、まだ半刻の間がある四ツ（午前十時）どき。

近江家の店先に男女ひとりずつのこどもを連れたおしのが顔を見せた。

「あらまあ、おしのちゃんじゃないか」

「ずいぶん、久しぶりだわねえ」

豆腐を買い求めにきていた近所の女房連中が、口々におしのに話しかけた。

おしのは駄菓子屋うさぎやのひとり娘で、海辺大工町の大工のもとに嫁いでいた。

「この子は、朝太だろう?」

問われたおしのは、こくっとうなずいた。

女房たちは、朝太と並んで立っている女児を見て、口をつぐんだ。

おしのが朝太を授かったことは、町内の女房連中は知っていた。が、女児を授かったとは、だれも聞いてはいなかった。

うさぎやの徳兵衛は、嫁いだ娘の話を他人にすることはなかった。

亭主の愛想のなさは、連れ合いのおきんが埋めてきた。しかしそのおきんの口からも、おしのが女児を授かったとはだれも聞いてはいなかったからだ。

訊きたいのに、訊けない。

女房連中が焦れていたとき、近江家の女房が店先に出てきた。

「なかに入んなさいよ」

おりょうは、三人を招き入れた。

女房連中は物問いたげな目で、おしのたちの後ろ姿を見詰めていた。

三

おしのが連れていた女児は、かえでだ。

長男朝太より、一歳年下である。

とはいえ、かえでという名も、四歳という年齢も、まことかどうかは定かではなかった。

かえでは捨て子だったからだ。


去年（天保六年）の七月中旬の夕暮れどき。コウモリが飛び交う路地の端に、ひとりの女児が立っていた。

桃色木綿の長着を着ていたが、裸足《はだし》で、着物の裾はすり切れ気味だ。帯は紅色だったのだろうが、汚れがひどくて色味が濁っていた。

路地の突き当たりは、杉板の塀である。昼間の夏日を浴びていた板塀は、陽が落ちたあとも芯にはぬくもりを溜めている。

女児は板塀に寄りかかり、うつろな目で飛び交うコウモリを見ていた。塀に押しつけた背中は、杉板のぬくもりをほしがっているかのようだった。

「あの子、まだ立ってるよ」

朝太は、案じ顔で母親を見た。

おしのと連れ立って朝太が高橋《たかばし》まで出かけたのは、半刻（一時間）以上も前だった。

そのときも女児は、同じ場所に立っていた。海辺大工町では見たことのない女児が、西日を顔に浴びて立っていたのだ。

朝太はその子が裸足だったのと、帯が汚れていたのが気になり、強い目を向けた。

女児は朝太の視線を気にもせず、夕陽の彼方を見詰めていた。

「なにをしてるの、朝太」

呼びかけられた朝太は、その子を気にしながらも母親のもとに駆け寄った。

半刻以上が過ぎ、すでに路地は暮れかけていたのに女児はまだ同じ場所に立っていた。

「あの子、どうしたのかなあ」

おしのの足をとめさせた朝太は、板塀に寄りかかった女児を指さした。

出かけた折りのおしのは、向かう先での買い物の段取りに気をとられていた。十日に一度の安売り日だったがため、早く高橋に向かいたかったのだ。

朝太に指で示されて、おしのは初めて女児の様子が気になった。

路地の周りには、長屋が幾棟も建っていた。が、どこの長屋の住人も夕餉《ゆうげ》の支度で気がせいており、女児のことにまでは気が回ってなかったのだろう。

おしのは買い物籠《かご》を朝太に預けて、女児に近寄った。

「どうかしたの？」

ひと声かけるなり、女児はおしのにしがみついた。

「おかあちゃん、すぐにもどってくるって言ったのに」

女児は捨て子の目に遭っていた。

とりあえず女児を宿に連れて帰り、すぐさまおしのは長屋の差配に事情を話した。

「自身番《じしんばん》に届け出たら、この子は捨て子扱いにされちまう」

御府内の捨て子を忌み嫌った公儀は、武蔵原野の奥に『扶助所』を設けていた。そ
この扱いのひどさを見知っていた差配は、自身番への届け出をためらった。

「そういうことでしたら、親が戻ってくるまで、うちで世話をさせてもらいます」

おしのは女児の世話を引き受けた。

おしのの実家うさぎやは、こども相手の駄菓子屋である。父親の徳兵衛が偏屈なた
め、こどもは店に近寄らなかった。が、それでもおしのは、こどもが大好きだった。

駄菓子屋に生まれながら、おしのは兄弟に恵まれなかった。

六年前、二十歳《はたち》の春に通い大工仙治《せんじ》のもとに嫁いだあと、二年目に長男朝太を授か
った。しかしそのあとは、子宝に恵まれていない。

四歳になった朝太は、いまのところひとりっ子である。

親が名乗り出るまでの、たとえつかの間でも、妹代わりの女児をと、おしのは考えた。

その女児を見つけた朝太も、世話を喜んだ。

「別れのときは悲しくなるぜ」

仙治は目元を曇らせた。が、おしのと朝太に強く迫られて、渋々ながらも折れた。

もとより、こども好きの仙治である。いざ一緒に暮らし始めたあとは、おしのよりも朝太よりも、目を細めた。

「おめえ、名前《なめえ》はなんてえんでえ」

問われた女児は、名前も歳も答えられなかった。聞き取った話から、仙治はこの子が朝太より一歳年下だと判じた。

「だったらおめえの名は、かえでだ」

仙治が通っている普請場には、数本のかえでが庭木として植わっていた。葉はまだ色づいてはいなかったが、仙治はその葉の美しさを思ったのだ。

「いい名前だわ」

「かえでなら、おいらも呼びやすいから」

仙治一家と暮らし始めて四日目に、女児はかえでと名付けられた。秋が過ぎ、冬を迎えても、かえでの親は名乗り出てはこなかった。

「そろそろ、親父さんにもかえでのことを話さねえと、うまくねえだろうがよ」

師走に入るなり仙治は、うさぎやに出向くようにとおしのをせっついた。

「捨て子を世話するなどもってのほかだと、おとっつあんはひどい文句を言うに決まってるから」

徳兵衛の気性を知り尽くしているおしのは、うさぎやに出向くのを拒んだ。

天保七年の正月になっても、おしのは実家への年賀訪問を思いとどまった。

「時機がきたら、きっと行きますから」

かえでの親が、もう名乗り出てはこないと見極めがついたら……。

おしのの言い分を仙治は受け入れた。

「こうして出向いてきたということは、もう大丈夫だとおしのさんに見極めがついたからなの？」

問われたおしのは、答える代わりに吐息を漏らした。

顔をこわばらせた朝太は、かえでの手を強く握った。

四

三月二日、雨降りの八ツ（午後二時）下がり。

「すぐに顔を出してもらいたいって、うちのひとがそう言ってるんだけど……」

差配の女房が、おしのを呼びにきた。

女房の顔つきを見たおしのは、胸騒ぎを覚えた。が、朝太もかえでも雨降りで遊びに出られずに家にいた。

「わっかりましたあ」

わざと明るい調子で答えたおしのは、差配の女房と連れ立って外に出た。

朝は霧雨模様だったが、番傘を叩くほどの本降りになっていた。

長屋の路地は、水はけがよくない。あたまに浮かんだいやな思いを、おしのは打ち消しながら歩いた。

足元が留守になり、こどものような跳ねを上げた。それでもおしのは、足取りをゆるめなかった。

少しでも早く差配の宿に行き、胸騒ぎを消したかったからだ。

いやな予感は的中した。

差配宅には、店子の宿にはない八畳の客間が構えられている。わずか三坪だが、客間の前には庭もあった。

植木好きの差配は、桃と梅を小さな庭に植えている。淡い色味の花を咲かせた桃が、雨に打たれていた。

差配の向かい側には、焦げ茶色の紬《つむぎ》を着た女の客が座っていた。あわせの仕立てだが、何度も洗い張りを繰り返したのだろう。紬は、ところどころが色褪《いろざ》めしていた。

「こちらは」

差配は言葉を続ける前に、ひと息をおいた。

「かすみさんというひとで……あの子のおっかさんだそうだ」

「そうですか」

差配と女房が顔を見合わせたほどに、おしのは醒めた声で短く応じた。不作法は承知で、おしのは立ったままだった。

「おまいさんに座ってもらわないと、あとの話が続けにくい」

差配は戸惑い気味の声で、おしのに語りかけた。

「分かりました」

おしのは勧められた座布団は断り、畳に座った。元々、座布団を敷いていなかったかすみは、両手を畳についておしのを見上げた。

「どうか……どうか、おみつを返してください……この通りです」

かすみは畳にひたいをこすりつけた。

膝に重ねていたおしのの手の甲に、ひと粒の涙が落ちた。

かえでは、おみつという名だった。

＊

「それで、これからどうするの？」

まねき通りにおりょうが暮らし始めて、すでに長い歳月が過ぎていた。

生来の気風のよさを娘たちは慕い、あれこれと相談ごとを持ち込んできていた。

話が悲しいときほど、おりょうは普通の声で応じ、相手の悲しみを受け止めた。

説教はせず、共に泣く。

これが相手には一番の癒やしになると、板頭を張りながら情けの機微を学んでいた。

朝太とかえでは、近江家の次女ちまきに連れられて、野島屋の振舞いに出向いている。近江家の座敷では、おりょうとおしのがふたりで向き合っていた。

「かえでは、ひな祭を知らないんです」

かえでと呼んだおしのは、ちまきが連れて行ってくれた野島屋のほうに目を向けた。

「野島屋さんの振舞いを楽しませてあげてから、差配さんのところに行きます」

七ツ（午後四時）になったら、かすみは差配の宿に出向いてくる手筈になっていた。

「そうなの……」

おりょうはあえて、かすみの素性を問うことはしなかった。細かく訊けば訊くほど、おしのがつらくなるのが分かっていたからだ。

「朝太にもかえでにも、まだ話はしていないんですが」

こどもなりに察しているようだと、おしのは言葉を続けた。

「うちのひと、昨日は雨降りだったのに仕事に出たくせに、今日は朝から上天気なのに仕事を休むって」

おしのは無理に笑おうとしたが、こぼれる涙を抑えきれなかった。

「まことのおっかさんが出てきたんじゃあ、かえでをけえすしかねえだろう」

三月二日の五ツ（午後八時）前。海辺橋《うみべばし》のたもとで仙治がつぶやいたとき、朝からの雨が上がった。

「いつかはこうなると分かってたんだが」

ぬかるみになっていた足元を、仙治はぐりぐりっと踏みつけた。

「いざ、そうなってみると、まったくおれもだらしねえぜ」

湧き上がるさまざまな思いを、仙治は手鼻をかんで払いのけた。

「これからみんなで、湯に行こうぜ」

仙治は、海辺橋の向こう側の平野湯《ひらのゆ》を見た。高橋から海辺大工町にかけて、湯屋は五軒あった。が、五ツ半（午後九時）まで釜の火を落とさない湯屋は平野湯だけだった。

「明日、野島屋に行くときは、正月に仕立てたよそ行きを着させてやってくんねえ」

「分かりました」

応えたあと、おしのはまた大粒の涙を地べたに落とした。

「好きなだけ泣いてもいいが、宿にけえったあとは、よしにしねえな」

仙治はまた、手鼻をかんだ。音は威勢がよかったが、鼻汁は出なかった。

「野島屋さんの番頭さんが持って帰っていいって、かえでに折ってくれた」

近江家に戻ってきた朝太は、桃の花の小枝をふたつ手に持っていた。

「よかったわね」

土間におりたおしのは、まだ両方の瞳が潤んだままである。

いつもの朝太なら、おっかさんが泣いてると、大声で囃《はや》し立てた。

今日は黙って母親を見詰めた。

「うさぎやのおとっつあんのところには、日をあらためて顔を出しますから」

おりょうに断りを告げてから、おしのはまねき通りに出た。

陽を浴びた通りの地べたも店のひさしも、さらには生け垣までも陽春を謳歌していた。

この柔らかさに包まれて育ってきたのだと、おしのはこども時分を思い出した。

思い返しはそこに留まらず、行き来を途絶えさせてきた実家にまで及んだ。

愛想など微塵も感じられない父だ。しかしあの父が秘めている、今日の陽差しのような慈しみに守られて育ってこられていた。

通りに立ったことで、おしのはそれに気づいた。今日までのかたくなさを、かならず詫びに出向こうと、こころに思い定めた。

まねき通りを渡るそよ風が、おしのの頬を撫でて吹きすぎて行った。

正午が近くなっていた。

「このおとうふは、あたいが持つから」

大きな豆腐一丁の入った小鍋を、かえでが手に持った。昼飯を四人ですましたあとで、かえではおしのが差配の宿に連れていく。

「落っことさないでね」

「うん」

元気よくおしのに応えたかえでは、朝太を見た。

「桃の花を落っことさないでね」

かえではおしのの口調を真似た。

「がってんだ」

朝太は父親の口まねをした。

降り注ぐ陽差しに照らされて、桃の花が淡い色味を際立たせていた。

第四話　菜種梅雨

一

四ツ（午前十時）を告げる永代寺の鐘が、まねき通りに流れてきた。鐘の響き方が鈍いのは、長雨で音色が湿っているからだ。

ゴオーーン……。

四打目が撞かれたとき、おさきは包丁をおいた。腰に両手をあてると、背中を後ろに反らせようとした。

「腰が痛むの？」

へっつい前にしゃがんでいる娘のおみつは、案じ顔で母親を見上げた。

「大したことはないんだけど……」

五尺（約百五十二センチ）ちょうどのおさきは、こぶしに握った右手で腰のあたりをトントンと叩いた。

「菜の花の時季に雨が続くと、どうしても腰がつらくなってしまうからねえ」

「だったら、ひと休みしようよ」

おみつは燃えている薪《まき》をわきにどけて、へっついの前から立ち上がった。

七輪にのっている土瓶は、強い湯気を立ち上らせている。まだ仕込みの途中だが、四ツどきはひと休みの頃合だった。

「おっかさんは座ってて」

おさきを腰掛けに座らせてから、おみつは茶の支度を始めた。

おさきの好みは、熱々の焙《ほう》じ茶だ。四ツに呑む焙じ茶の茶請けは、『うお活《かつ》』から仕入れた梅干しと決まっていた。

「うお活さんが仕入れてくる品なら、魚でも青物でも、安心して使えるからねえ」

おさきは梅干しに限らず、惣菜作りに使う魚も野菜も、ほとんどをうお活から仕入れていた。

おかめは、おさきとおみつのふたりで切り盛りする煮売りと一膳飯屋である。食材の仕入れをまねき通りのうお活に任せられるのは、大助かりだった。

おかめの軒下には、二斗《と》の水が入る桶が置かれている。菜の花が出回る三月中旬から四月下旬までは、毎日菜の花の束が軒下の水桶につけられていた。

この菜の花も、うお活から仕入れていた。が、活太郎《かったろう》が日本橋の青果市場で買い付けた品ではない。

うお活の通いの若い衆時次《ときじ》が、毎朝砂村の家から摘んでくる菜の花である。

二年前の春、おかめに昼飯を食いにきた折りに、時次は二十本の菜の花を両腕に抱え持ってきた。

「今朝、出がけに摘んだ菜の花だけどよう。よかったら飾ってくんねえ」

時次はぶっきらぼうな口調で、菜の花をおさきに差し出した。

「ありがとう」

小柄なおさきは、両腕をいっぱいに広げて受け取った。

「おまえが水につけておくれ」

おさきは、すぐさま花の束を娘に受け渡した。時次のお目当てがだれなのか、母親には分かっていた。

「とってもいい香りね」

朝に摘んだばかりの菜の花は、青くて強い香りを放っていた。

「ひと晩飾ったあとは、おひたしにさせてもらってもいいかしら」

おさきが問いかけると、時次は強く首を振って拒んだ。

「菜の花なら、うちの畑に売るほど咲いてるからよう。おひたしにするなら、もっと茎の細いのを明日の朝、摘んでくっからさ」

時次のひとことがきっかけで、おさきはうお活を経る形で、時次の実家から菜の花を仕入れ始めた。

葉もののおひたしは、おさきの得意料理である。摘みたての菜の花のおひたしは、おかめの評判の一品となった。

おととし、去年に続き、今年も時次は毎朝、摘み立ての菜の花をおかめに届けてきた。

が、今朝は時次ではなく、時次の妹が菜の花を届けにきた。

「おにいちゃんが、今朝は起きられないって」

時次の妹は、菜の花の束を水桶につけるなり、そのまま走り帰った。おさきが駄賃を手渡す間もなかった。

「時次さん、いったいどうしたのかねえ」

焙じ茶をすすったおさきは、娘には目をあわさずにつぶやいた。

軒の雨粒が、菜の花の水桶に落ちた。

二

砂村に時の鐘はない。しかし永代寺と回向院《えこういん》の音は、ひずむことなく村まで届いた。

四ツ（午前十時）を告げる鐘が鳴り始めるなり、時次は身体の向きを変えようとした。

いてて……。

押し殺したうめき声が漏れた。身体を動かそうとするたびに、あばら骨が痛むからだ。

ゆっくりと仰向《あおむ》けに向き直った時次は、ふうっと吐息を漏らした。

太い梁《はり》が渡された農家の板の間に、時次は横になっていた。

「まだ痛むかね」

板の間に入ってきた母親のおせいは、うどん粉と酢を混ぜ合わせた団子を、大きなどんぶりに入れて運んできた。

「こいつをあばら骨の痛いところに張りつけたら、じきに治るでよう」

おせいは団子を薄く伸ばし、時次の胸に張りつけた。

酢のにおいが、板の間に漂った。

「半刻（一時間）ばかり、動かねえでじっとしてなよ」

動くと、せっかくの団子が剝がれるからと、おせいは念押しした。

「まさみはもう、まねき通りに行き着いたかなあ」

「着いたんでねえかい」

母親は仕上げとばかりに、伸ばした団子を胸に両手で押しつけた。

うぐっ。

痛みを覚えたが、母親に弱音は吐けない。時次は出かかったうめき声を呑み込んだ。

「やっぱり、痛いかね？」

問いかけられても返事はせず、時次は目を閉じた。

昨日の殴り合いに負けた口惜しさが、身体を走った。思い出すだに、腹立たしい。

くそっ。

目を閉じたまま、小声で毒づいた。

「なんだい、親に向かってくそとは」

おせいは気色《けしき》ばんだが時次は取り合わず、両目を強く閉じた。

母親の勘違いだと、説明するのも億劫《おっくう》だったからだ。

「罰当たりなことを言いっぱなしにしてちゃあ、あばら骨はいつまでも治らねっからよ」

おせいは腹を立てると、在所《ざいしょ》房州勝山《かつやま》の訛《なま》りが出る。

「聞いてっか、時次」

おせいは語気を強めたが、時次は目を閉じたままである。

「そんな調子だから、二十三にもなったちゅうに、おめえを好きだというあまっこが、ひとりもいねえってかよ」

おせいは舌打ちをしながら、板の間から出て行った。

ふうっ。

相変わらず目を閉じたまま、時次は三度目の吐息を漏らした。


まねき通りの鮮魚と青物を扱うお活は、あるじの活太郎がみずから日本橋の魚河《うおが》岸《し》に仕入れに出向いていた。それも、毎朝決まって五ツ（午前八時）に。

魚河岸で仕入れをする客は、月末払いの掛けがほとんどだ。が、活太郎は毎日、その場で支払いを済ませた。

魚河岸の仲卸《なかおろし》は、日の出の明け六ツ（午前六時）から商いを始めた。それを承知で、活太郎は五ツまで出向くのを控えた。

市場が開いて一刻を過ぎたころには、その日に売れ残りそうな魚介が見え始める。

活太郎はそれらの品を、根こそぎ買い取るのだ。

鮮魚は足が速い。売れ残りの魚介は豆腐と同じで、一夜を越えることはできない。

一夜干しにして売りさばくという手もあるが、仲卸の若い衆は数が限られている。

活太郎はそこに目をつけた。

「売れ残ったいわしとサバを、そっくり買い取るぜ」

一尾残らず引き取る代わりに、活太郎は絶妙な安値を示した。

売り残して腐らせるよりは、活太郎に売ったほうが得だと思える、ギリギリの安値をだ。

「まったくうお活さんには、かなわねえ」

仲卸は唇を嚙みながらも、活太郎に売り渡した。

活太郎はただただ、買い叩くだけではない。ときには仲卸の言い値で、鯛やヒラメを仕入れることもした。

ゆえに安値を示されても、仲卸たちは活太郎にわるい心持ちを抱くことはなかった。

活太郎が仕入れた魚介は、またたく間に売り切れた。安値にもかかわらず、魚が真新しいことを、客のだれもが知っていたからだ。

うお活の魚介は、まねき通りの商家も買い求めた。なかでも大店の野島屋は、あれこれ注文をつけず、うお活の勧める品を言い値で買い入れた。

仲卸とうお活のような信頼感が、うお活と野島屋にもあったのだ。

野島屋の女中頭とのやり取りは、時次にすべてが任されていた。

野島屋はうお活にとっては大事な得意先である。それでも野島屋の女中頭は、折りにふれて時次に心付《こころづ》けを渡した。

飛び切り真新しい魚介を、選りすぐってもらいたくての心付けである。

「まかせてくだせえ」

時次は胸を叩いて請け合った。

女中頭から渡される心付けを、時次は独り占めにはしなかった。

まずあるじの活太郎に示し、もらった心付けは番頭に預けた。番頭は半年に一度、溜まった心付けを若い者たちに分配した。

ところが昨日の夕暮れ前に、若い者のひとりが時次をなじった。

「おめえは野島屋の女中頭と、ちゃっかりおいしいことをしてやがるだろう」

身に覚えのないことで、いちゃもんをつけられたのだ。時次は日暮れたあと、その男と小名木川《おなぎがわ》べりの原っぱで殴り合いに及んだ。

したたかに打ちのめされた挙句、降り続く雨に打たれて風邪をひいてしまった……。

「あのやろう」

怒りをぶり返らせた時次は、つい乱暴に身体を動かした。

母親が張りつけたうどん粉が、胸から剝がれ落ちた。

三

四ツ（午前十時）の本鐘が鳴り始めたところで、女中頭のあおいが炊事場に顔を出した。

野島屋の二十坪もある炊事場の気配が、ぴりっと張り詰めた。今年で三十七歳のあおいには、十人いる女中や炊事番を束ねる、頭としての風格が備わっていた。

「おはようございます」

土間で立ち働いている炊事当番の男女五人が、声を揃えてあいさつをした。

炊事役はすでに朝餉《あさげ》の片付けを終えて、昼飯の支度に取りかかっていた。

大店の四ツとは、そんな刻限である。

にもかかわらず、あおいに「おはようございます」と声を揃えた。

毎日、四ツにならなければ、あおいは炊事場に顔を出さなかったからだ。

あおいは、奥（あるじ一家）の世話を受け持っている。奥は炊事場も別に設けていた。

四ツの鐘が鳴り始めると、あおいは店の炊事場に出向いてきた。

鐘を合図に、この日の仕入れ物がうお活から届けられる。その品々を吟味するのが、あおいの役目だった。

いつもの朝なら、時次が品物を納めにきた。奉公人や搗き米職人たちが口にする、一日の食材である。相当量の魚介と青物の両方を、時次は手押し車で運んできた。

ところが四月二日の朝は……。

「うお活さんは、どうしたの？」

炊事場の土間には、時次の顔が見えなかった。あおいはいぶかしげな声で問い質した。

「いま、残りの野菜を運び入れているさなかです」

女中のひとりが答えたとき。

青物を両腕に抱え持った与平《よへい》が土間に入ってきた。雨は一段と強くなっているようだ。

与平が羽織ったうお活の半纏は、ずぶ濡れに近かった。

「おはようごぜえやっす」

与平の威勢のいい声が、二十坪もある土間に響き渡った。

「あら……」

あおいの目元が、わずかに曇った。

「今朝はどうしたの？」

「じつは時次のやろう、風邪をひいちまったらしいんでさ」

与平は吐き捨てるような口調で、時次の名を口にした。

あおいは、はっきりと目つきを尖らせて与平を見た。

「それで、今朝はあなたが納めにきたというわけなのね」

「へいっ」

あおいの尖った目つきと、咎《とが》めるような物言いを気にもとめず、与平は明るい声で返事をした。

「今年の菜種梅雨は、冷え込みがきついもんでやすから」

ことによると時次は、二、三日は起きられないかもしれないと付け加えた。

「そんなにひどいの？」

問いかけるあおいは、心底、時次の容態を案じていた。

与平の口元が、いやらしく歪んだ。

「なにしろ時次のやろうは、風邪だけじゃあねえんでさ」

「ほかにも、どこかわるいの？」

与平は、答える前に唇を舐《な》めた。

赤い舌は、獲物に飛びかかる前の蛇のような動き方を見せた。

「なにしろあいつは、打ち身もひでえはずでやすから」

「なんのこと、打ち身とは」

土間におりたあおいは、履き物をつっかけて与平のほうに一歩を詰めた。

「詳しいことは分かりやせんが」

与平の口元が、さらにいやらしく歪んだ。

「あいつはゆんべ、殴り合いをやったらしいんでさ」

弱いくせに立ち向かったばかりに、したたかに殴られたみたいで……。

ぺろりともう一度唇を舐めた与平は、あとの言葉を端折《はしょ》って土間から出て行った。

「お待ちなさい」

あおいが呼びかけたときには、すでに与平は手押し車を押して雨のなかだった。

明かり取りの天窓を、大粒の雨が音をたてて叩いていた。

四

野島屋のあおいと、うお活の時次は、ただならぬ間柄にある……。

聞きたくもないうわさだったが、おみつは耳にしていた。

まねき通りの西の端には、小料理屋『ひさご』がある。半月ほど前、与平はひさごで呑んだ遊び仲間に、根も葉もないことをささやいた。

そのうわさは、のろい歩みでまねき通りを東に歩んだ。そして、おみつの耳に届いた。

「ばかばかしい。そんなこと、あるわけがないじゃないのさ」

母親のおさきは取り合わなかった。

「あおいさんは、とっても身持ちの堅いひとだよ」

あのひとに限って、そんなことはあるわけがない。それに時次さんは、おまえしか目に入っていないしさ……時次の気性を気に入っているおさきは、うわさを気にする娘をたしなめた。

「おっかさんの言う通りよね」

気を取り直したものの、おみつはまた、ふっと浮かない顔つきに戻った。

三十七歳のあおいと二十三歳の時次では、歳が違いすぎるとおみつは思う。

されど仕事一途でおたな命の働きぶりであろうことは、あおいが締まりよく着こなしたお仕着せ姿から察せられた。

真っ正直さが滲み出ている、きりりとした立ち姿である。思うところを抱え持つおみつでも、気を惹かれていた。

「時次さんったら……」

おみつからつぶやきが漏れた。幸いにも、おさきの耳には届かなかった。

あおいは野島屋の女中頭であることに、強い誇りを持っていた。ゆえに野島屋ののれんに傷がつくような、危うい振舞いに及ぶことは皆無だった。

野島屋の奥は、身持ちの堅いあおいで持っている……土地の者は、だれもが口を揃えた。

与平がありもしないことを耳元でささやいたのは、口の軽いことで知れ渡っている建具屋の半吉《はんきち》である。

半吉なら、うわさを鵜呑みにして言いふらすに違いない……与平は、半吉の軽さをあてにして偽りを聞かせた。

あおいに相手にしてもらえなかったことへの腹いせである。

あおいには歳の大きく離れた、母親違いの弟がいた。上方《かみがた》に板場修業に出ている弟は、時次に顔立ちも気性もよく似ていた。

それもあってあおいは、客に尽くす時次を大事にした。そのことを、与平は思い違いをした。

あおいは時次に気持ちを動かしている。

腕力はからっきし弱い時次よりも、おれのほうが数段、男振りがいいはずなのに……。

よこしまな思いを勝手に募らせた与平は、半吉にありもしないことをささやいた。ものを深く考えない半吉である。周りにうわさをばらまくと同時に、ささやかれた話に尾ヒレをつけて時次にぶつけた。

「どこのどいつが火元なんでえ」

時次が息巻いたら、半吉は示し合わせていた通り、あっさりと与平の名を明かした。

あたまに血が上った時次は、おのれの腕力も考えずに与平に立ち向かった。

時次がここまで逆上したことには、ふたつのわけがあった。

ひとつはあおいが弟を思う情愛の深さを、時次は察していたからだ。

時次にも七つ年下の妹、まさみがいた。

格別に可愛がっているわけではない。しかし客から心付けをもらったときは、妹に髪飾りなどの小物を買ったりもした。

自分と七つも歳が離れていると、我知らずに親のような目で妹を見ていた。

あおいの弟は、さらに歳が離れていた。しかも江戸とは遠く隔たった上方にいるのだ。

「朝に晩に、息災であってほしいと願っているのよ……」

時次に気を許したあおいは、弟を思う気持ちを明かした。そんなあおいの尊い気持ちを、与平は薄汚れた言葉で踏みにじった。

逆上したわけのもうひとつは、うわさがおみつの耳にも入っていると知ったからだ。

「おかめに行ったとき、おみっちゃんにもしっかり話しといたからよう」

半吉は聞いた話に尾ヒレをつけて、おかめで話していた。

後先が考えられなくなった時次は、腕力ではかなわないと分かっていながら与平に立ち向かった。

その挙句、菜種梅雨の降る原っぱに叩きのめされた。

「ごめんください」

昼飯どきには、まだ四半刻の間がある。

おかめの土間には、あおいのほかに客の姿はなかった。

*

「すぐにおいとましますから」

間もなく、昼飯どきである。あおいはおかめが混《こ》み合うことを気遣っていた。

「でも……わざわざ顔を出してくれたんですから」

おさきとおみつは、声を揃えてあおいを引き留めた。

おかめの軒下には、米を運んできた野島屋の小僧が立っていた。おかめが商いに使う米も暮らしで食べる米も、すべて野島屋から買い入れている。

あおいは、米の納めについてきていた。

前垂れで手を拭ったおさきは、小僧に近寄った。

「どうもありがとう」

米を受け取ったあとで、駄賃に四文銭二枚を握らせた。いつもの倍の駄賃である。

あおいの訪問が、おさきにはことのほか嬉しかったのだろう。

「わたしもすぐに帰ります」

あおいは短い言葉で、小僧を先に帰した。

「どうぞそこに、腰をおろしてください」

あおいに腰掛けを勧めたおさきは、娘に目配せをした。

母娘ふたりで営んでいる一膳飯屋だ。おみつは母親の目配せの意味を、即座に察した。

仕上げたばかりの菜の花の胡麻汚しを、小鉢に盛って運んできた。わきに添えた小さな湯呑みには、焙じ茶が注がれていた。

「まだ味が馴染んでないかもしれないけど、ひと口食べてくださいな」

「いただきます」

あおいは半端な遠慮はせず、胡麻汚しに箸をつけた。

「とってもおいしい……胡麻の香りが、菜の花のほろ苦さを引き立てています」

あおいは正味で褒めた。

「娘が拵えたんですが、あおいさんのお口にあったんなら、とっても嬉しいわ」

おさきも本気で喜んだ。

「菜の花と胡麻とが、お互いを引き立てあってこそのおいしさですね」

箸をおいたあおいは、まっすぐにおみつを見つめた。

「時季の間は毎朝ここに届けるんだって、時次さんから何度も聞かされました」

あおいはおみつに笑いかけた。相手をいつくしむような、慈愛に満ちた笑顔だった。

「あなたのこの仕事ぶりなら、時次さんがぞっこんなのも得心できました」

摘み立ての菜の花も喜んでいますねと言い、あおいは胡麻汚しに箸をつけた。

「あなたと時次さんとが、小鉢の内で寄り添い会っているようなおいしさです」

あおいの目がおみつを見詰めた。

「いつまでも、この味を続けてください」

心底、願うようなあおいの物言いだった。

「しっかりと胸に刻みつけました」

おみつは胸のあたりに手をおき、深くうなずいた。

軒下の桶に落ちた雨粒が、ポチャンと音を立てた。

桶につかっている菜の花が、嬉しそうに揺れた。

第五話　菖蒲湯

一

仙台堀に架かるまねき橋は、杉の木橋だ。この橋は木場の材木商が費えを負担して架橋と架け替えを行う『町持ちの橋』だった。

「木場の旦那衆は、だれもが豪気だからよう。橋の架け替えだって、一文のゼニも御《ご》公儀《こうぎ》の世話にはならねえ」

材木の手配りから架橋作事の人足手間賃まで、すべてを材木商が負担をした。それが深川っ子の、とりわけ冬木町住人の自慢だった。

「このまねき橋を架けるには、何百両という途方もねえゼニがいるんだが……」

薄手の半纏を羽織った作治《さくじ》が、橋の真ん中でいきなり立ち止まった。

「どうかしたの？」

あとについて歩いていた新太《しんた》が、不意に足をとめた父親のそばに駆け寄った。

「あすこを見ねえ」

作治は橋の北詰めを指さした。

まねき橋を北に渡ったたもとには、『冬木湯』が建っている。作治が指さしたのは、仙台堀に面した冬木湯の船着き場である。

物を川船から運び揚げるために、冬木湯は自前の船着き場を設けていた。

「ちゃんが見ろっていうのは、あの船のこと？」

新太はいぶかしげな口調で問いかけた。父親が指さした先には、船着き場に横付けされた川船しか見えなかったからだ。

「そうよ、あの船さ」

新太をわきに立たせた作治は、川船に向かって手を振った。川船には、材木の切れ端と、おがくずが山積みになっていた。

川船の船頭は、釜焚《かまだ》きの塀吉《へいきち》だ。荷揚げに気がいっている塀吉は、作治が手を振ってても気づかなかった。

「あの船に積んでいる板っきれとおがくずは、おれが通ってる木柾さんから出たもんだ」

材木の切れ端もおがくずも、冬木湯の湯沸かしに燃やされる燃料だ。

「うちの旦那さんは、ことのほか太っ腹だからよう。少しでも湯銭が安くなりゃあいいてえんで、おがくずも板っきれもタダで冬木湯にくれちまってるのさ」

「木柾さんて、えらいんだね」

「あたぼうよ」

作治はこどものわきで胸を張った。

「うちの旦那てえひとは、木場でも抜きん出たお大尽《だいじん》だが、これっぱかりもケチなところがねえ」

作治が自慢する声が、塀吉にも届いたらしい。板きれを運ぶ手をとめて、まねき橋のなかほどを見た。

「いまから小僧を連れて、湯にへえりに行くところだ」

作治は塀吉に向かって、大声を発した。今年で五十三の塀吉は、耳が遠い。

「なにか言ったかい？」

右の耳に手をあてて、船着き場の端に近寄った。拍子のわるいことに、船着き場の板は濡れて滑りやすくなっていた。

「とっつあん、端が濡れてるぜ」

作治が怒鳴った。

その声を聞こうとして、塀吉はさらに端に寄った。

うわっ。

しゃがれ声の悲鳴を発した塀吉は、仙台堀に落ちた。

二

「じいじが落っこったよう」

橋の欄干にしがみついた新太が、甲高い声を発した。

橋板から欄干のてっぺんまでは、四尺（約一・二メートル）の高さがある。五歳の新太は、まだ三尺三寸（約一メートル）しか背丈がない。

「たいへんだよ、あのじいじ……落っこって、溺れそうだから」

てっぺんにまで背が届かない新太は、欄干の隙間から堀を見ていた。

「はやく飛び込んで、ちゃんが助けてあげてよう」

新太は作治を見上げて、一段と甲高い声を張り上げた。

「それが……」

できねえんだと、作治は肩を落とした。

「どうしてだよ。そんなこと言わずに、助けてあげてよう」

新太は作治のたもとを強く引っ張った。

「早くしないと、じいじはほんとうに溺れちゃうよう」

新太はさらに声を大きくして、父親を見上げた。

「だからおれにはできねえって、そう言ってるじゃねえか」

作治は苛立ちの色を顔に浮かべていた。が、こどもに応ずる声は、小さくて消え入りそうだった。

「おれは金槌《かなづち》で、泳げねえんだ」

言葉を吐き出した作治は、うつむいて橋板を強く踏んづけた。

「だれか……」

堀に落ちた塀吉は、もがきながら目一杯の声で助けを求めた。

うさぎやの徳兵衛が橋の真ん中に差しかかったのは、まさに塀吉が声を振り絞ったときだった。

「だれか……」

声を聞くなり、徳兵衛は橋を駆け下りた。

泳げないことが負い目で、作治は動きが止まっていた。徳兵衛が橋を駆け下りたことで、我に返った。

「こうしちゃあ、いられねえ」

作治も徳兵衛を追って、橋板を踏み鳴らして駆けた。

尻金《しりがね》を打った雪駄《せった》は、作治の自慢の履き物である。地べたを歩くときは、チャリン、チャリンと鳴るように、雪駄を滑らせて歩いた。

いまは、ただ橋を駆け下りるのみである。雪駄も脱げよとばかりに、まねき橋の北たもとを目指した。

新太も父親を追いかけた。

作治は駆け下りるとき、手ぬぐいを橋の上に投げ捨てていた。新太はその手ぬぐいを拾ってから、作治を追った。

端午の節句を三日後に控えた、五月二日の七ツ（午後四時）どき。陽は西空に移っていたが、仙台堀河岸にはまだたっぷりと明るさが残っていた。

日暮れとなる暮れ六ツまでには、一刻（二時間）の間があった。作治が七ツどきに湯屋に向かっていたのは、今日が十日に一度の仕事休みだったからだ。

職人たちは、まだまだ仕事のさなかである。ゆえに湯屋のそばを歩く人影は皆無だった。

冬木湯の船着き場に駆け下りた徳兵衛は、すっかり息が上がっていた。それでも口に両手をあてて、塀吉に呼びかけた。

「足が引きつって、泳げねえ」

塀吉は声を張り上げて、徳兵衛の呼びかけに応じた。

堀の流れはゆるい。が、それでも塀吉の身体は船着き場から離れる方向に流されていた。

「いま助けに行く」

言うなり、徳兵衛は堀に飛び込んだ。

ところが徳兵衛は、水に飛び込んだ拍子に息を詰まらせた。

息が上がっていたことと、自分の歳もかえりみずに、いきなり飛び込んだことが重なったからだ。

徳兵衛は五十七で、塀吉は五十三だ。

ともに五十の峠を越えたふたりが、仙台堀でもがいていた。

「ちゃんが、助けを呼びに行ったから」

新太が泣きそうな声を張り上げているところに、三人の川並を連れて作治が戻ってきた。

「なんてえこった」

「塀吉とっつあんと、うさぎやのじいさんじゃねえか」

「年寄りの冷や水そのものだぜ」

船着き場にぼやきを残して、川並三人が堀に飛び込んだ。

荒天のなかでも丸太の上を行き来して、いかだを組み上げるのが川並である。

塀吉と徳兵衛は、いともたやすく船着き場に引き揚げられた。

堀の真ん中で、ボラが飛び跳ねた。

三

五月五日は端午の節句だ。この日の冬木湯は、菖蒲《しょうぶ》湯を仕立てた。

冬木湯のあるじ雄作《ゆうさく》は、豪気な男である。

「一年に一度しか巡ってこない、端午の節句の菖蒲湯だ。町内のこどもが元気に育つように、飛び切り上等の菖蒲を用意する」

雄作は堀切村の農家とじかに掛け合い、毎年百株の菖蒲を仕入れた。

農家も雄作の心意気を高く買い、市場への卸値で冬木湯に届けた。堀切村からまねき橋までの、横持ち（配送）代も取らずにである。

江戸の多くの銭湯には、湯気が外に逃げ出さないように、湯殿の入り口に大きな衝《つい》立《たて》の「石榴口《ざくろぐち》」が設けられていた。入浴客は、その石榴口をくぐって湯殿に入った。

洗い場にも湯船の周囲にも、明かり取りの窓はない。

ひとたび湯殿に入ったあとは、闇夜のような暗さのなかで身体を洗い、湯につかった。

冬木湯は、拵えがまったく違っていた。

なによりの違いは、石榴口がないことだ。衝立の代わりに杉の戸が設けられている。客はその杉戸を開いて湯殿に入った。

湯殿には男湯・女湯ともに三十畳大の広い洗い場があった。

冬木湯の近所には大和町の色里や、辰巳芸者の検番が三軒もある。ゆえに八十年前の開業当初から、男湯と女湯に分かれていた。

洗い場の天井は、床から一丈半（約四・五メートル）の高さがある。天井から三尺（約九十センチ）下がったところに、格子のはまった明かり取りの窓が構えられていた。

窓の内側には厚手の油紙が貼られているが、光は素通しである。冬木湯は洗い場も湯船も、充分に明るかった。

冬木湯が豪気なのは湯殿の造りのよさや、上物の菖蒲を山ほど湯につけることにとどまらなかった。

端午の節句当日に限っては、こどもの湯銭をタダにした。

「せっかく上物の菖蒲を百株も仕入れたんだ。ひとりでも多くのこどもに、菖蒲湯につかってもらいたいじゃないか」

雄作が当主の座について以来、五月五日はこどもの湯銭はタダになった。

「走り回って騒ぐのは、たいがいにしろ」

しわがれ声を張り上げて、徳兵衛は洗い場で騒ぐこどもを叱りつけた。が、こどもは言うことをきかない。

さらに勢いをつけて走り回った。

ひとり新太だけが仲間に入れず、走り回るこどもたちを羨《うらや》ましそうな顔で見ていた。金槌で塀吉を助けに飛び込まなかった父親の振舞いに、新太は負い目を感じていた。それゆえ、一緒に走り回ることができずにいた。

作治はまだ、木柾で働いている。新太はひとりで菖蒲湯につかりにきていた。叱っても、こどもたちは騒ぐばかりである。業《ごう》を煮やした徳兵衛は、洗い桶に湯船の菖蒲湯をたっぷり汲《く》み入れると、甲高い声をあげて走り回るこどもに思いっきり湯をぶっかけた。しぶきが周りのおとなに飛び散った。

「なにしやがんでえ」

気色ばんだ男は、手ぬぐいを手にしたまま振り向いた。背中に不動明王の彫り物がなされている。

その男と徳兵衛の目がぶつかり合った。

「なんでえ……とっつあんか」

徳兵衛だと分かるなり、彫り物の男はこどもたちに目を向けた。徳兵衛に一目をおいている様子だった。

「いつまでも騒ぐんじゃねえ」

叱りつけた声には凄《すご》みがあった。こどもたちの騒ぎが、いきなり鎮まった。

「外に出ようぜ」

ガキ大将が仲間に告げた。こどもたちは杉戸の前に集まった。

「溺れじじい」

大将は徳兵衛にあごを突き出した。

「べええ」

残りのこどもたちはてんでに毒づき声を残して、杉戸を開いた。

皐月《さつき》の風が、洗い場に流れ込んできた。

＊

端午の節句の午後。

こどもたちが冬木湯に群がるのは、湯銭タダに加えて、もうひとつの大きなお楽しみがあったからだ。

この日は湯上がりのこどもに、ひと袋ずつの駄菓子が配られた。袋詰めをするのは冬木湯の奉公人だが、駄菓子は毎年徳兵衛が差し入れていた。

「うちの菓子だということは、こどもには内緒にしておいてくれ」

徳兵衛は口止めを約束させたうえで、駄菓子を差し入れた。

「こどもには、食えない因業爺だと思われているほうが楽でいい」

これが徳兵衛の口ぐせである。

しかし初天神の凧揚げをきっかけに、こどもたちは徳兵衛になつき始めていた。

嬉しくもあり、煩わしくもあり。

これが徳兵衛の正直な気持ちである。

過ぎる何年もの間、徳兵衛にはこどもたちは寄ってこなかった。その隔たりは哀しくもあったが、べたべたされずに楽だとも感じていた。

冬木湯が配る五月五日の駄菓子。去年まではその駄菓子とうさぎやとを、重ね合わせて考えるこどもはいなかった。

今年は幾分、様子が違っていた。

こどもたちが次第にうさぎやの徳兵衛に寄ってくるようになっていた。

「くどいようだが、うちからの差し入れだとは気づかれないように願いたい」

今年の駄菓子を差し入れたのは、五月三日。塀吉と一緒に仙台堀から引き揚げられた翌日のことだ。きまりわるさもあって、徳兵衛はことさら強い口調で念押しをしていた。

「せっかくうさぎやに行ってやってるのに、いやなじじいなのはちっとも変わってねえじゃねえか」

ガキ大将が声高に言うと、仲間のこどもたちは大きくうなずいた。

「やっぱりうさぎやに行くのはやめて、仲町のとんぼ屋にしようぜ」

「分かった」

「おいらもそうする」

こどもたちが大声で話し合っているところに、塀吉が駄菓子袋の詰まったザルを運んできた。駄菓子の配り役は、塀吉の役目だ。

「おいら、これがいい」

最初に手を伸ばしたのは、もちろんガキ大将だ。あとに続いて五人のこどもが小さな手を伸ばした。

「そんな恩知らずなことを言ってると、いまに天罰があたるぞ」

塀吉はガキ大将を睨みつけた。

「なんのことだよ、天罰って」

口を尖らせた子に向かって、塀吉は駄菓子の差し入れ元がだれなのかを明かした。

「徳兵衛さんは毎年毎年、名前は明かすなと堅く口止めしたうえで、これだけの菓子を差し入れてくれているんだ」

ひとに黙って行ってこその善行だと、塀吉はガキ大将を諭した。こどもの顔つきが神妙になったとき、塀吉は杉戸の端に目を向けた。

新太がひとり、脱衣場の隅に立っていた。

「こっちにおいで」

塀吉が手招きしても、新太は動こうとしない。塀吉はガキ大将に言いつけて、新太を連れてこさせた。

先日の一件に、負い目を抱えている。

そう察した塀吉は、新太を目の前に立たせた。駄菓子の袋を手に持たせてから、新太の目を見詰めた。

「泳げないひとは、この冬木町にもいっぱいいるぞ」

「えっ？」

新太の目が大きく見開かれた。

「おまえのちゃんが川並を呼んできてくれたおかげで、わしも徳兵衛さんも命拾いができた。作治は命の恩人だ」

こどもたち全員に聞こえるように、塀吉は歯切れのいい物言いをした。

新太の顔に、見る間に朱がさした。

ガタガタッ。

ひときわ大きな音を立てて、杉戸が開かれた。湯殿から出てきたのは徳兵衛だった。

「うさぎやさんが出てきたぞ」

塀吉の言ったことに、ガキ大将が素早く応じた。徳兵衛に向かって駆け出すと、こどもたちが続いた。新太も一緒だった。

「お菓子、ありがとう」

こどもの甲高い声が、脱衣場に響いた。

徳兵衛は途方に暮れたような、それでいて咎めるような顔を塀吉に向けた。

塀吉は知らぬ顔を決め込んでいた。

第六話　鬼灯

一

まねき通りの西の端には、乾物屋小島屋と、小料理屋のひさごが向かい合わせに建っていた。

どちらも店の間口は二間（約三・六メートル）である。しかし商いのありかたは、まるで違っていた。

小島屋はあるじの昌三郎《しょうざぶろう》と通い手代の鶴松《つるまつ》、それに住み込み小僧の完吉《かんきち》の三人で、店を切り盛りしていた。

小島屋が店の杉戸を開くのは、朝の六ツ半（午前七時）だ。六ツ半が近くなると、佃町《つくだちょう》から通ってくる鶴松が潜《くぐ》り戸から店に入る。

ここから小島屋の一日が始まった。

向かい側のひさごは、陽が落ちてからの商いである。

二十八歳のおまきが料理番とお燗《かん》番。

三歳年下の妹おさちは、下ごしらえなどの雑用を受け持っている。

小島屋同様の二間間口だが、商いは小料理屋だ。夜の遅い商いを姉妹だけで切り盛りしていた。

大型の赤提灯《あかちょうちん》に灯火が入るのは、暮れ六ツ（午後六時）どき。その提灯をおさちが仕舞うのは、深川の色里大和町が中引となる九ツ（午前零時）と決まっていた。

冬木町に限らず、どこの町も四ツ（午後十時）で町木戸を閉じた。四ツを過ぎてから隣町と行き来をするには、番太郎（木戸番）に頼んで潜り戸を抜けるしかない。

「また、おめえか」

「そう言わずに、これでなんとか……」

木戸番に心付けを手渡したうえで、身体をかがめて潜り戸をくぐった。

面倒だが住人の安泰を守るのが町木戸だ。夜の出歩きは四ツ前までというのが、江戸暮らしの決めごとだった。

冬木町の町木戸も、もちろん四ツで閉じられた。が、ひさごは九ツまで提灯を仕舞わなかった。

冬木町に暮らす客なら、木戸が閉じられても宿に帰ることに障りはなかった。

真夜中仕舞いの商いゆえ、ひさごが起き出すのは朝ではない。

口をすすぎ終えたおさちがまねき通りに顔を出すのは、毎日四ツ半（午前十一時）。

真夏のいまは空のなかほどまで昇った天道が、まねき通りの地べたを焦がしていた。

「おはよう、完ちゃん」

店先を掃除している小島屋の小僧完吉に、おさちは明るい声をかけた。

小島屋のあるじ昌三郎は、小僧のしつけにことのほかうるさい。半刻（一時間）が過ぎるごとに、店先の掃除を言いつけていた。

おさちがおはようの声をかけるのは、完吉が四ツ半の掃除を始めた直後……これもまた、毎日の決まりごとのようなものだった。

「もう四ツ半だもん、おはようじゃないよ」

口を尖らせた完吉が、おさちを見る。

いつもなら、このやり取りでひさごの一日が始まったのだが。

六月二十日は、いつもより四半刻（三十分）も過ぎてから、おさちは格子戸を開いた。

前夜は真夜中を過ぎても、川並たちが飲み続けた。提灯が仕舞えたのは、九ツ半（午前一時）が間近というころだった。

どれほど夜更けていても、ふたりとも後片付けをおろそかにはしない。雑なことをすれば、翌日の商いに障りが出るからだ。

とはいえ明かりの乏しいなかの後片付けは、ひどく手間がかかる。おさちが寝床に入ったときには、丑三つ時（午前二時過ぎ）に差し掛かっていた。

寝入れたのが遅かっただけに、二十日は起床も遅れた。おさちがまねき通りに顔を出したときには、完吉は掃除を終えて店のなかに引っ込んでいた。

地べたを、白い夏日が焦がしている。

おさちは眩《まぶ》しさを感じて、目を細くした。

「少々ものをおたずねしやすが……」

職人風の男がおさちに話しかけたのが、この日の始まりとなった。

男は鉢植えを手に提げている。夏日は、その鉢植えも照らしていた。

緑葉と、鉢のなかで剝き出しになった鬼灯《ほおずき》の赤い実が色味比べをしている。

眩しさに目を細めていたおさちには、鬼灯の鉢植えがよく見えてはいなかった。

二

「おねえちゃん……」

土間に入るなり、おさちは姉に呼びかけた。

声の調子が曇っていた。

「どうしたのよ、格子戸を開くなりそんな声を出して」

流し場のれんの内側から顔を出したおまきは、妹をたしなめた。

「一日の縁起の善《よ》し悪《あ》しは最初のひと声で決まるんだって、いつも言ってるのに……」

言葉の途中でおまきは口をつぐんだ。

妹の後ろに、初めて見る顔の若い男が立っていたからだ。

どちらさまなのと、おまきは妹に目で問いかけた。

「うちをたずねてきたんだって」

おさちは戸惑い声で姉に告げた。

おまきはすぐさまよそ行きの顔を拵えて、男に近寄った。

「ここはひさごという小料理屋ですが、うちに間違いはありませんか？」

「深川まねき通りのひさごてえのは、こちらさまのほかにもありやすんで？」

「ありません」

おまきは即座に答えた。

「だったら、やっぱりこちらさんでさ」

男は背筋を伸ばしておまきを見た。

「あっしは今戸橋《いまどばし》の佐五郎《さごろう》親方の下で」

佐五郎と言われて、姉妹の顔色が変わった。が、男は構わずに話を続けた。

「去年の秋から修業を重ねておりやす、弟子の善七《ぜんしち》でやす」

素性を明かした善七は、おまきさんですねと問い質した。

おまきから、よそ行きの笑みが失せていた。

「あ、あのひとが、ここに行ってこいと言ったんですね？」

「あのひとてえのは、親方のことで？」

「ちがいます」

きっぱりと答えたおまきは、善七が手に提げている鬼灯に目を移した。

「その鉢植えを、あなたに手渡したひとです」

「なんだってえ？」

語尾を上げた善七は、鉢植えを土間に置いておまきを見た。

「鬼灯を持ってけと言われたのは、姐さんですぜ」

「あのひと、姐さんと呼ばれてるんですか」

暑気を払いのけるような冷たい声だった。

「暑いさなか、今戸橋からわざわざご苦労さまでしたが……」

おまきは、ひと息をおいて問いかけた。

「ご用はなんでしょう？」

「親方の容態が、いまひとつなんでさ」

「えっ？」

おまきは息を呑んだような顔つきになった。

「おとっつあんが、どうかしたんですか？」

おさちは息継ぎもせずに問うた。

「寝込んだとか、そういうわけじゃあねえんでやすが」

「だったら、どうしたんですか」

咎めるようなおさちの物言いを、おまきは目でたしなめてから善七を見た。

「おとっつあんは、いったいどんな様子なんですか？」

つい今し方までの、冷ややかで平べったい物言いとはまるで違っていた。父親の容態を質す問いかけには、熱が籠もっていた。

「梅雨明け手前の幾日か、時季外れの朝の冷え込みが居座ったことがありやして」

「確かに、そんな日がありました」

冬木町でも同じだったと相槌を打ったあと、おまきは善七に腰掛けを勧めた。

鉢植えを足元に置き直した善七は、勧められるままに腰をおろした。

おまきも向き合うように腰掛けに座った。

「きつい冷え込みが、親方にはよくなかったようで……夏風邪をひいちまったんでさ」

「夏風邪って、どんな容態なの？」

おさちがわきから口を挟んだ。よほど父親が気がかりなのだろう。

「寝込むとか、熱が高いとか、そんなひでえ容態じゃあねえんでやすが」

声から張りがなくなっていると、善七は続けた。

「おとっつあんが弟子を叱る声に、威勢がないってことなの？」

「その通りでさ」

おさちの問いに、善七は大きくうなずいた。

「それで……」

おまきは鬼灯の鉢植えに目を向けた。

「おとっつあんの様子を報《しら》せてくれるために、あのひとから鬼灯の鉢植えを言付《ことづ》かってきたんですか？」

「鉢植えだけじゃありやせん」

半纏のたもとから取り出した封書を、善七は卓に載せた。なにも上書きがされていない、美濃紙の封書である。

おまきは手を伸ばそうとはしなかった。

行き場を失った封書は、卓のうえで途方に暮れているかに見えた。

三

おまきもおさちも今戸の生まれだ。

吉原の遊郭を得意先とする指物《さしもの》職人の棟梁桜屋佐五郎と、女房おきぬの間に誕生した姉妹である。

今年で二十八歳のおまきは文化六（一八〇九）年に。

二十五歳のおさちは文化九年に、それぞれ生まれていた。

佐五郎は屋号が示す通り、桜を使った指物を得意とした。なかでも煙草盆と長火鉢は、花魁《おいらん》に大受けした。

吉原の花魁は、山深い田舎にやってきた女衒《ぜげん》（人買い）に買われた者がほとんどだ。

「在所を離れて、江戸の苦界に身を沈めた暮らしは、さぞかし辛いだろう……」

せめて桜に触れて、山里の香りを思い出してほしい……佐五郎はこころを砕いて、煙草盆を拵えた。

遊女にとっての煙草盆は、遊び客をもてなすときの大事な商売道具である。

この客は大事な金づるになる……。

そう判じたときの遊女は、キセルに煙草を詰めたあと、吸い口を自分の唇で湿してから手渡した。

「めえったよ、ゆんべの花魁にはよう」

目尻を下げた男は、仕事仲間に自慢げに言いふらした。

「おれのことがばかに気に入ったてえんで、キセルを唇で濡らしちまってさ」

朝まで寝かせてくんねえんだと、寝不足で赤くなった眼を見せびらかした。

いやな客を相手にするときは、花魁は自分の膝元に煙草盆を置いた。客に勧めもせず、立て続けに煙草を吹かすことで、気に染まない客を追い返しにかかった。

いずれのときでも、煙草盆は客あしらいの大事な小道具だった。

「佐五郎さんの煙草盆を手に持つと、在所の山が見える気がするの」

「桜のころの、伸び盛りの草の香りも煙草盆から漂ってくる」

花魁衆は競い合うようにして、佐五郎に煙草盆の誂えを頼んだ。

とはいえ佐五郎の評判が高まったのは、おまきが誕生した文化六年の春のことである。それまでは、名も知られていない職人のひとりに過ぎなかった。

佐五郎がおきぬと所帯を構えたのは、おまき誕生の四年前、文化二年の春だ。当時二十八歳だった佐五郎は、十五年仕えた親方の元からひとり立ちをしたばかりだった。

「これからは吉原の遊郭を、おめえの器量で切り開いてみろ」

ひとり立ち祝いと祝言の祝儀を兼ねて、親方は佐五郎に吉原への売り込みを許してくれた。しかしそれには親方の屋号は使わず、佐五郎の名で売り込むことが条件だった。

ひとかどの腕はあったが、佐五郎個人の名で誂え注文をもらったことはなかった。所帯は構えたものの、佐五郎は先行きに大きな不安を抱えていた。

「おまいさんの顔も腕前も、知らないわけじゃないが、棟梁なしの職人には、まだうちの指物はまかせられない」

大見世の番頭は、だれもが佐五郎の売り込みを拒んだ。

小見世の細工物誂えで、なんとか暮らしを営んだ。が、所帯を構えて三年が過ぎても、大見世や中見世からの注文は皆無だった。

売り込みがうまく運ばず、思案に詰まっていた佐五郎に……。

「花魁たちが、在所を思い出せるような細工をしてみたらどうかしら」

おきぬは優しい口調で思案を明かした。

長らく吉原のお茶屋に奉公していたおきぬは、花魁たちの愚痴《ぐち》や悩みごとを毎日のように聞かされていた。

「身体が達者なうちに、一度でいいから在所に帰ってみたい」

「おっかさんが拵えてくれた、桜餅を食べてみたい」

山深い村でこども時分を過ごした花魁たちは、桜の季節になると気持ちを乱した。

舞い散る桜の花びらが、在所で過ごしたこども時分を思い出させるからだ。

「桜の皮を巻いた小物を、たとえば煙草盆のようなものを拵えてみては……」

花魁の素顔に詳しいおきぬの話には、佐五郎も深く得心がいった。

「煙草盆てえのは妙案だぜ」

十日の間、佐五郎はあれやこれやと思案を重ねた。仕上がったのは桜材の煙草盆と、桜の皮を張りつけた茶筒だった。

文化六年の正月三日のことである。

「とってもきれい」

仕上がりの美しさに見とれたおきぬは、産み月を翌々月の三月に控えていた。

四

佐五郎の拵えた煙草盆は、花魁衆に大受けした。細工のよさももちろんだが、それ以上に桜材の手触りがよかった。

「この煙草盆を枕元に置いて寝ると、在所のこども時分の夢を見るの」

傾城《けいせい》言葉ではなく、普通の物言いで佐五郎の煙草盆を褒めちぎった。

「それほどの腕があるなら……」

花魁たちの注文が、ついには大見世からの誂え発注を呼び寄せた。初の発注は、角《すみ》町《ちょう》で一番の大見世稲本楼《いなもとろう》からだった。

「稲本楼が佐五郎という指物職人に誂え注文を出したらしい」

うわさはたちまち吉原を駆け巡った。

稲本楼は吉原でも、飛び切り格式の高い大見世だ。

「稲本楼さんがいいと言うなら、ぜひともうちの指物も」

方々の大見世から声がかかり、いきなり佐五郎は仕事に追われることになった。

おまきが生まれたのは、佐五郎が寝る間もなくし始めたときだった。

「七百匁《もんめ》（約二千六百二十五グラム）の目方とは、達者な赤ん坊じゃねえか」

赤子の誕生を喜び、おまきと名付けてくれたのは、佐五郎にひとり立ちを許してくれた親方だった。

「この子がおめえに、仕事の縁起を運んできてくれたんだ」

名付け親の務めだと言って、親方は一両の誕生祝いを包んでくれた。

注文が殺到しはじめても、佐五郎は仕事を急がなかった。

煙草盆・茶筒・長火鉢・薬簞笥……なにを拵えるにも、存分に思いをこめて仕上げた。

おまき誕生の三年後、文化九年四月には次女おさちが生まれた。計ったかのように、姉と同じ七百匁の目方だった。

すでに弟子ふたりを抱えていた佐五郎は、おさちの誕生祝いとして二分（一両の二分の一）の小遣いを渡した。

「ひと晩で遣うのはかまわねえが、吉原《なか》で遊ぶのはまだ身分違いだぜ」

弟子ふたりは神妙な顔でうなずいた。

吉原は遊び場所ではなく得意先だというわきまえが、佐五郎にも弟子にもあった。

おさちも姉同様に、誕生にはすこぶるつきの仕事の縁起を連れてきた。

まだ四月だというのにひと足もふた足も早く、長火鉢三十台の新調という大仕事が舞い込んできた。

佐五郎は親方をたずねて、長火鉢拵えを助けてほしいと頼んだ。

「おれには、ここが潮時」

親方はつぶやきのあとで佐五郎を見た。

「うちの職人を、そっくりおめえが引き受けてくんねえ」

親方には跡取りがいなかった。

女児とはいえ、佐五郎はふたりも子を授かった。しかも誕生のたびに、佐五郎の元には大きな仕事が舞い込んできた。

その勢いを高く買った親方は、自分の得意先も込みで職人を引き受けてくれと告げた。

「ありがたく頂戴しやす」

佐五郎は半端な遠慮をせず、職人ごと譲り受けた。

元日には屠蘇《とそ》と雑煮を祝う前に、親方の宿に年賀に出向いた。

「大したことはできやせんが、これを遣ってくだせえ」

一年あたり三十両の隠居金を、親方夫婦が没するまで渡し続けた。

四人家族でも十両あれば一年が暮らせた。その三倍のカネを、佐五郎は親方夫婦に差し出した。

親方逝去の二年後には、親方の連れ合いも没した。葬儀も墓石の手配りと支払いも、すべて佐五郎が受け持った。

桜屋の看板を挙げたのは、親方内儀の一周忌法要を済ませた年、文政二年五月である。

その年には、見習い小僧まで含めて弟子を十二人も抱える棟梁となっていた。

「四万六千日《しまん》の詣《まい》りのあと、ほおずき市に行きましょう」

同年七月、おきぬは十一歳のおまきと八歳のおさちを連れてほおずき市に出かけた。

七月十日に浅草寺に参詣すれば、四万六千日もお詣りしたのと同じ功徳が得られるという。この日の参詣客をあてこんで、浅草寺周辺ではほおずき市が催された。

桜屋の看板挙げ御礼と、家族全員の達者をおきぬは祈願した。

ほおずき市で買い求めた鉢植えは、娘ふたりが庭に植え替えた。

四万六千日は暑い盛りである。

だれよりも暑さを苦手とするおきぬだったが、毎年欠かさずに娘ふたりと参詣した。

四万六千日詣りを始めてから七年後の、文政九年七月十一日、明け六ツ前。

前日からの暑さは、居座り続けて夜明けを迎えた。

桜屋の朝餉はおきぬ・おまき・おさちの三人で拵えた。最初に起きた母親が娘ふたりに声をかけるのが一日の始まりである。

ところがこの朝は浅草寺が明け六ツを撞き終えてもおきぬは起きなかった。

猛暑を承知でおきぬたちは四万六千日詣《もう》でを為した。暑さで弱っていた心ノ臓が、日の出の手前で発作を起こした。

いかにもおきぬらしいと言うべきなのか。

おきぬはだれの手もわずらわせることなく、ひそかに息絶えていた。

駆けつけた医者は、おきぬの手首を握るなり顔つきをこわばらせた。

「手遅れでした」

享年四十一。

おまきは十八、おさちは十五の暑い盛りだった。

おきぬが没した翌年も、おまきとおさちは四万六千日詣りとほおずき市通いを続けた。

三回忌法要を済ませたあとの、文政十一年七月十五日。

「おまえたちふたりに、言い聞かせることがある」

佐五郎は娘ふたりと向き合った。

おまきもおさちも、ともに縁談を聞かされるものと思っていた。

二十歳のおまきは、自分の縁談だろうと。

十七歳のおさちは、姉の縁談だろうと。

ところが。

「九月に後添えを迎えることにした」

目を見開いた娘ふたりは、あとの言葉に詰まっていた。

五

ひさごの格子戸の隙間から、真夏の陽が差し込んでいた。

善七が届けてきた手紙は、まだ卓に置かれたままだった。しかし封は開かれていた。

善七が土間を出るなり、おまきは封を開いた。そして一気に長い手紙を読み終えた。

「なにが書いてあったの？」

妹に問いかけられても、おまきは返事をしなかった。

姉の気性を知り尽くしているおさちは、一度問うただけで口をつぐんだ。

答えたくないときのおまきには、何度問いかけても無駄だと分かっていたからだ。

おさちは流し場に引っ込むと、湯の支度を始めた。なにごとを進めるにも、流し場に湯は欠かせない。

焚き口が三つあるへっついには、一度に五升（約九リットル）の湯が沸かせる大釜がのっていた。

水がめの飲み水を大きなひしゃくですくい、大釜に注いだ。

五升の水を釜に注ぎ終えてから、おさちは土間に目を移した。

おまきはまだ、腰掛けに座ったままである。卓には善七が届けてきた手紙が置かれていた。通りで弾《はじ》き返された昼下がりの陽が、封を開かれた手紙にあたっていた。

『ぜひにも仕舞いまで読んでください』

義母おりんからの手紙は、こんな書き出しで始まっていた。

おきぬの三回忌法要のあと、佐五郎は後添えをもらうと娘ふたりに告げた。

「おれに女房がいなけりゃあ、職人の世話もきちんとできねえ」

増え続ける注文をこなすには、後添えが欠かせない……これが佐五郎の言い分だった。

おまきは猛烈な勢いで食ってかかった。

「まだ三回忌をすませたばかりなのに、もうそんなことを言うなんて」

おまきは絶対にいやだと言い切った。

「職人さんの世話なら、いままで通りあたしとおさちが受け持つわよ」

「ならねえ」

佐五郎は、おまきの言葉を撥ねつけた。

「おめえがどう言おうが、おれはもう決めた。あちらの親方にも、あたまを下げてきた」

佐五郎が後添えに迎えるというおりんは、仕事で使う小刀造りの職人頭だった。

おりんは九月下旬に嫁いできた。おまきより十九歳年長の、三十九だった。

内輪だけの祝言を終えたのち、おりんはおまき・おさちと向き合った。

「あなたがたが反対しているのは、あたしも承知のうえです」

いやだというひとに、仲良くしてもらう気はありません……相応の覚悟を決めて、おりんは嫁いできていた。

「あなたがたの母親になる気など、あたしには毛頭ありません。一日も早く、いいひとを見つけて嫁いでちょうだい。桜屋は、あたしが命がけで守ります」

気の荒い小刀造りの職人を束ねてきたおりんである。口にした通り、佐五郎と職人たちの世話は一寸の抜かりもなく行った。

娘ふたりには、まったく構わなかった。

義母との折り合いのわるさにげんなりしたおまきは、妹を連れてよく当たると評判の高い八卦見（易者）をたずねた。

「大川を東に渡り、深川に越したほうがいい。できれば川の流れに近い町で、小体《こてい》な商いを始めるがよろしかろう」

八卦見の見立てに従い、おまきは深川の隅々まで歩いた。そして行き当たったのが、まねき通りの空き店だった。

周旋屋への払い・店の造作費用・商いの元手は、亡母が娘ふたりの嫁入り金として蓄えていたカネを充《あ》てた。

今戸を出るとき、佐五郎からは一両のカネも受け取らなかった。

とはいえ周旋屋には、身請け人を明かさなければならない。

佐五郎が身請け人となったが、ただの一度もまねき通りにたずねてくることはなかった。

おりんからも便りはなかった。

不意に善七がたずねてきたのは、佐五郎が体調を崩して寝込んでいたからだ。

『あたしが佐五郎さんの後添えとなったのは、おきぬさんに強くそのことを頼まれていたからです』

おりんからの手紙には、実母おきぬがおりんに宛てた手紙が添えられていた。

おきぬは自分の心ノ臓が傷んでいることをわきまえていた。

いつなんどき、冥土へと旅立つかも知れない。もしものときは、三回忌のあとは佐五郎を助けてあげてと、おりんに頼んでいた。

職人の世話は、おまきとおさちができるのは分かっている。料理から洗濯まで、家事のすべては娘ふたりにしつけてあった。

しかしそれを重宝がっていたら、ふたりとも嫁ぐのが遅れてしまう。家事はなにとぞ、おりんさんが引き受けて……。

娘ふたりを嫁がせるには、実家から追い出すほかはない。

まことに申しわけないが、憎まれ役を買って出てほしいとおきぬは結んでいた。

おりんは引き受けた。

佐五郎の人柄を大いに敬っていたし、母のいないおりんには、おきぬの気持ちが痛いほどに伝わってきたからだ。

佐五郎の使いで、おきぬは何度もおりんの仕事場をおとずれていた。茶飲み話を繰り返すうちに、おりんはおきぬの人柄に感服した。

娘ふたりの行く末を案ずる母親の想いにも、強く打たれた。

おきぬ急逝のあとで、おりんは師匠でもある父親に事情を話した。

もしも佐五郎が後添えにと頼んできたときは、話を受けてほしい。職人宿を継ぐことはできないが、勘弁してほしい……と。

娘の一本気な性分を知り尽くしている父親は頼みを呑み、佐五郎の後添えとして嫁がせた。

行きがかりから、おまきとおさちは今戸から出て行った。出たその日からおりんはひとを頼み、おまきとおさちの暮らしぶりに目を配っていた。

が、余計な手出しは一切してこなかった。

このたび初めて便りを出したのは、佐五郎の容態が思わしくなかったからだ。

娘ふたりが顔を見せれば、きっと容態は快復する……そう考えたおりんは、四万六千日に間に合うように、善七に手紙を託した。

手紙を認めたことで、おりんはみずからを顧みることができた。

おきぬの頼みに応えなければの一心で、おまき・おさちにはきつく接してきた。

振り返ってみても、誤りだったとは思わなかった。

が、きつさと柔らかさの案配には、大きく欠けていたと、いまは自覚できていた。

ここ一番になすべきことは、佐五郎と娘ふたりとを、再び見《まみ》えさせることだと、真っ直ぐ一本気に思いを定めていた。

そのためなら何でもしますと、おりんは胸元で両手を合わせた。

今戸の空を舞う都鳥のつがいが、おりんにひと啼きくれて、深川目指して飛び去った。


まねき通りを、三匹の犬が連なって通りすぎた。

犬の群れが陽差しをかき乱したのだろう、土間に差し込む照り返りも揺れた。

おまきはゆっくりとした所作で、腰掛けから立ち上がった。

おきぬに生き写しの動きだった。

「今年は、ほおずき市に行ってみようか?」

「うん、行きたい」

おさちは息継ぎをする間もおかず、弾んだ声で答えた。

三匹の犬が、通りをまた戻ってきた。

第七話　天の川

一

まねき通りの『ゑり元冬木店』は、若夫婦だけで営んでいる太物と古着の店だ。

あるじの名は大三郎で、三十一歳。女房は五歳年下のこのみである。

若夫婦はしおり（六歳）とかのこ（三歳）の、女児ふたりを授かっていた。

大三郎は日本橋住吉町《すみよしちょう》の太物古着の大店、ゑり元の三男である。住吉町のゑり元は、七代続いている老舗で、当主（七代目）の父親は健在である。

八代目を長兄が継ぐことも、すでに決まっていた。

いまから七年前の文政十二（一八二九）年三月に、当時二十四歳だった大三郎はこのみと祝言を挙げた。

その祝言をきっかけに、ふたりは冬木町のまねき通りに店を構えた。

屋号は『ゑり元冬木店』。三男の祝言祝いとして、ゑり元七代目が出店を許した。

次男、三男はともに祝言をきっかけに実家を出ていた。そしていずれも、迎えた女房とふたりで、商いを始めた。

次男の大治郎《だいじろう》は、柳橋《やなぎはし》で小料理屋を営んでいる。

大治郎も大三郎も、女房の実家の家業にかかわりのある商いを始めていた。

次男大治郎の女房はおこまといい、実家は浅草並木町の小料理屋である。

大治郎は祝言のあと、岳父《がくふ》のもとで二年の包丁修業を続けた。柳橋に小料理屋を出したのは、岳父の許しを得てのことだった。

大三郎の女房このみの実家は、深川山本町《やまもとちょう》の仕立て屋『たきざわ』である。たきざわが抱える七人の仕立て職人は、もちろん絹物の誂えも引き受けた。が、得手としていたのは厚物木綿の仕事着や、太物仕立てである。

「股引《ももひき》だの半纏だのを頼むなら、たきざわが一番でしょう」

江戸の太物屋は、口を揃えてたきざわの職人を褒めた。

「なかでも与三郎《よさぶろう》と富弐《とみじ》のふたりは、こども着物の仕立てが見事です」

「与三郎さんと富弐さんにかなう職人は、江戸はもちろんですが、関八州《かんはっしゅう》を見回してもふたりといないでしょう」

こども着物の仕立てでは、与三郎と富弐は広く名を知られていた。

大三郎がこのみを見初《みそ》めたのは祝言の前年、文政十一年の三月のことだ。このみは仕立て上がりを届ける父親平三郎《へいさぶろう》の供で、それまでも幾度となくゑり元をおとずれていた。

所帯を構えて実家から出るまでは、長子以外の息子は手代として働くのが、ゑり元の決まりである。

当時の大三郎は手代頭に従い、たきざわ父娘と接していた。仕立て上がりを受け取り、あらたな誂え注文を出すのが、大三郎の仕事だった。

文政十一年三月の八ツ（午後二時）下がりのとき、手代頭は所用で外出をしていた。たきざわ父娘とは、大三郎ひとりが接することになった。

ふたりを前にした大三郎は、目元も口元もゆるんでいた。

なぜか気持ちが浮き浮きしていたのは、このみの着物の柄が春を謳《うた》う桜色だったこともある。

が、納めたことも着物三着を得意先から褒められていたことが、大きなわけだった。

「前回にお納めいただきました三着は、とりわけお得意様の評判がよろしゅうございました」

日本橋青物町《あおものちょう》の多田屋《ただや》と、算盤町《そろばんちょう》の宇佐見屋《うさみや》に納めた三着のことである。いずれも男児の普段着だったが、二軒とも色味の鮮やかさと、仕立てのよさに大喜びをした。

多田屋も宇佐見屋も、ともに奉公人を五十人以上も抱える大店である。しかし誂えたのは、どれも次男、三男の普段着だった。

日本橋の大店といえども、長兄以外の男児の普段着は、太物で仕立てていた。

とはいえ、大店には大店の格式がある。

たとえ太物の普段着であっても、仕立てにはうるさかった。

請け負ったのは、三着とも大三郎である。仕立てを頼む場で、大三郎は誂え主がだれであるかを平三郎に明かした。

「色味も柄も、選びはすべてたきざわさんにお任せいたします」

仕事を請け負った大三郎は、自分で品選びはしなかった。半端なことをするよりは、抜きんでた目利きの平三郎に任せたほうがいいと、判じてのことである。

大三郎の判断には、手代頭も同意してくれていた。

「大役ですが、ありがたく引き受けさせていただきます」

平三郎は胸を張って引き受けた。

さりとて太物のこども着物だ。いかに大店からの誂え注文とはいえ、仕立代の高は知れている。

それでも平三郎はていねいな物言いで、品選びと仕立てを請け合った。

娘を伴ってゑり元の蔵に入った平三郎は、膨大な数の太物のなかから三着分を選び出した。

仕立てはもちろん、与三郎と富弐が受け持った。

あとで分かったことだが、三着のうちの一着分は、このみが太物を選んでいた。

得意先に喜ばれた御礼として、大三郎は深川山本町まで出向いた。日本橋塩瀬《しおせ》のまんじゅうを手土産に提げていた。

手代頭は同行しなかった。

「なにとぞよろしくお伝えください」

手代頭は片目をつぶって、大三郎を送り出した。

一年が過ぎた翌年の桜の時季に、大三郎とこのみは祝言を挙げた。そして冬木町まねき通りにゑり元冬木店を開業した。

二

「おとうさん、これでいいのかなあ」

次女のかのこが、左手に掲げ持った紅色の短冊をヒラヒラさせた。

まだ三歳なのに、かのこは大三郎を「おとうさん」と呼んだ。

まねき通りには、何軒もの商店が軒を連ねている。それらの店のなかには、小さい子がいる店が何軒もあった。

まねき通りの南側には与助店・宗八店という、ふたつの裏店があった。どの店子も亭主の生業《なりわい》は職人で、子だくさん家族である。

つまりまねき通りの近所には、多くのこどもが暮らしていた。

男児と女児はほぼ同数で、乳飲み子から奉公にあがる直前の子まで、歳もさまざまだ。

が、ゑり元のしおりとかのこ姉妹のほかに、父親をおとうさんと呼ぶ子は皆無だった。

裏店暮らしの職人のこどもも、まねき通りの小商人の子も、父親を呼ぶときは伝統と格式にのっとり……。

男児ならちゃん。

女児ならおとうちゃんか、おとっつあん。まかり間違っても、おとうさんと呼ぶこどもはいなかった。

ところが。

「おとうさん、聞こえないの？」

ゑり元では長女のしおりはもちろん、三歳のかのこまでも大三郎をおとうさんと呼らだ。

　大三郎の実家『日本橋ゑり元』の慣わしは、まねき通りのゑり元でも生きていたかんだ。

「おとうさんってばあ」

　返事がないことに焦れたかのこは、語尾を引っ張って大三郎に呼びかけた。

「おとうさんはお仕事の手が放せないんだから、静かに待ってなさいよ」

　半年前の正月で六歳になったしおりは、物言いが日を重ねるごとにおとなびてきている。そんな姉の口調が、かのこには気に入らないらしい。

「おとうさんってばあああ」

　姉が言ったことに逆らい、ことさら語尾を長く引っ張った。

「いま行くから、待ってなさい」

　帳場の結界（帳場格子）の内側から、大三郎が返事をした。次女をたしなめたつもりだが、口調は甘い。我知らず、かのこには物言いも振舞いも甘くなっていた。

　しおりとかのこが小筆を使って書いているのは、七夕《たなばた》飾りの短冊である。明るいうちに短冊に願い事を書き記し、日暮れ前に笹に結わえ付けるのだ。

　七夕飾りの拵え方も、大三郎は実家の流儀をなぞっていた。

　笹はうお活が商家から注文をとり、押上《おしあげ》村まで出向いて仕入れてきた品である。

「縁起物だからこそ、笹の吟味に手抜きはできやせんから」

うお活の若い衆が、胸を張って言い切るだけのことはある。笹の葉も竹も青々としており、見るからに縁起がよさそうだった。

かのこは大三郎の血を色濃く引いているのか、ひらがなを上手に書くことができた。手ほどきしている大三郎も驚くほど、父親に似たかな文字を書くのだ。

「とても三歳の子の筆遣いじゃない」

他所《よそ》でこんなことを言おうものなら、親ばかの印形を押されるも同然である。

しかし、だれかに自慢をしたい。

餌食にされるのは、常にこのみだった。

今夜は七夕で、こどもが短冊を書く。それを分かっているこのみは、朝餉をすませるなり、早々と外出をしていた。

昨日の帳簿を、大三郎は書き漏らしていた。

六日、十六日、二十六日は、ゑり元の仕入れ日だ。そんな大事な日の帳簿を、うっかり書き漏らしたのだ。

大三郎は朝餉を済ませるなり、せわしない手つきで大玉の算盤を弾き続けていた。

手伝いを頼みたいのに、このみは山本町の実家まで仕上がりを取りに出向いている。しおりもかのこも、五枚の短冊を書くことになっていた。

かのこは三歳を迎えた今年の正月から、かな文字の手習いを始めた。筆遣いに長《た》けた父親が、つきっきりで手ほどきをした。効き目は大いにあったらしく、六月過ぎにはひらがなはすべて書けるようになっていた。

手早く帳面づけを片付けて、こどもふたりの短冊書きを見たい……気が急《せ》くあまりに、大三郎は何度も算盤を弾き損ねた。

「おとうさああんったらあああ」

大玉を弾く音に、かのこの声がまとわりついていた。

三

陽は西に大きく傾いていた。

庭に面した居間には、赤味の強い七ツ半（午後五時）過ぎの陽が差し込んでいた。

しおりとかのこは、七夕飾りの仕上げの真っただ中である。沈みそうで沈まない夏の夕陽が、漆《うるし》仕上げの文机と、桐細工の硯箱《すずりばこ》と、色とりどりの短冊を照らしていた。

「はやく書かないと、お日様がおうちに帰っちゃうよ」

自分の短冊五枚を先に書き終えたかのこは、まだ硯に筆を浸している姉をせかした。

「いまお願いごとを考えてるんだから、黙ってて」

ぴしゃりと撥ね付けられたかのこは、ぷっと頬を膨らませた。

本来なら、七夕飾りの短冊は八ツ（午後二時）には仕上がっているはずだった。が、父親は仕事に追われていたし、母は山本町から帰ってきたあと、昼の支度を終えるなり横になった。

十月に産み月を控えたおなかは、相当に大きい。朝から一里（約四キロ）近い道を行き帰りしたことで、丈夫自慢のこのみもさすがにくたびれたようだ。

しおりとかのこは、横になった母親に代わって家事を受け持った。幸いなことに、今日もまた洗濯日和《びより》である。

薄手の下着を姉が洗い、すすいだあとは両端をふたりで握って水を絞った。

屋根の上には物干し場が設けられていた。

まねき通りの商家は、どこも屋根の上に物干し場を構えていた。冬木町は材木商の町だ。至る所に材木置き場はあったが、陽をさえぎる高い家屋は皆無だ。

屋根の上に構えた物干し場には、晴れてさえいれば日暮れ前まで陽がさした。

太物を商う家業柄、ゑり元の物干し場は他の商家よりも拵えが大きかった。

しおりは踏み台を使って物干し竿に洗濯物を干した。台が揺れないように、かのこは踏み台の根元を両手で摑んでいた。

あれこれと家事をこなしていたら、あっという間に七ツ（午後四時）が過ぎた。永代寺の鐘を聞くなり、姉妹は急ぎ短冊の仕上げに取りかかった。


おとうさん、だいすき。

おかあさん、だいすき。

おねえちゃん、だいすき。

くまもだいすき。

きんぎょもだいすき。


かのこの短冊の上では、大好きなものが躍っていた。

くまは、まねき通りに棲みついている黒犬である。つい先日金魚売りから買い求めた金魚には、まだ名前がついていなかった。

さっさと短冊を書き上げたかのこは、姉の手元を見詰めた。

「おねえちゃん、なんて書いてるの？」

姉が走らせる筆の先を見詰めたまま、かのこは口を尖らせた。かのこには読めない漢字を、しおりが書いていたからだ。

「なんだと言われたって、おまえには分からないでしょう」

短冊の文字を書き終えてから、しおりは冷たい口調で妹をいなした。

「分かるもん」

かのこの口がさらに尖った。

「へええ、そうなの」

しおりは取り合わない。相手にしてくれない姉の振舞いに、かのこは焦れた。

「意地悪いわないで、はやく教えて」

かのこが甲高い声を発した。

姉妹といえども、気性はまるで違う。

なにごともテキパキとこなすしおりは、のんびり屋の妹の尻を叩いてことを運んだ。

「ここをひとつ折れば、鶴の羽ができるんだって」

呑み込みのわるい妹に焦れて、しおりは日に何度も声を大きくした。

「いま折ろうと思ってたのに、おねえちゃん、黙ってて」

かのこはまだうまく回らない口で、姉に言い返すのが常だった。

さりとてしおりは、だれよりかのこが好きなのだ。ごはんを食べるときには、妹を思うしおりの気遣いがまるごと出た。

里芋の煮付けは、かのこにはまだ大き過ぎることがある。そんなときは自分の里芋を半分に割って、妹の小鉢と取り替えたりもした。

「見て分からなければ、聞いたって分からないでしょう」

呑み込みがいまひとつなのに早く早くとせっつく妹に、しおりは軽い腹立ちを覚えていたのだろう。わざと答えをはぐらかした。

「おねえちゃんなんて、だいっきらい」

筆を手にしたかのこは、姉の頰に墨の点をつけた。短冊を汚すのは、さすがにはばかられたのだろう。

「かのこのばか」

しおりはしかし、それ以上の声は張り上げなかった。妹の仕打ちに大声で応ずるのは、姉の沽券《こけん》にかかわると思っているのだ。

声は張り上げなかったが、両目は悔し涙で膨らんだ。

そんなしおりを見て、かのこが泣き声を上げた。姉にわるいと思ったのだ。

姉もつられて泣き始めた。

『男の子が生まれますように』

水色の短冊に、しおりはこんな願いを書いていた。

四

七月七日、五ツ半（午後九時）。

まねき通り真上の夜空には、大きな流れの天の川が横たわっていた。

「それじゃあ、お願いします」

短冊が結ばれた笹を、このみは大三郎に手渡した。しおりとかのこは、母親が持った青竹に手を添えた。

うお活の若い衆が、押上村の山から伐り出してきた縁起のいい竹である。夜になっても、強い香りを漂わせていた。

受け取った大三郎は、物干し場の柱に結わえ付け始めた。結びに使うのは、荷造り用の細い麻縄だ。

縄の結び方は、大三郎の得手とするところだ。大三郎の実家ゑり元では、男児は五歳で端午の節句を迎えるなり、古参の手代から縄の結び方を教わった。

顧客との良縁を逃さぬように。

わるい相手との悪縁を断ち切れるように。

結びとほどきの両方を、稽古した。

こども時分に体得した技は、生涯の財産である。

「おとうさん、すっごく上手」

竹を結わえ付ける手つきに、かのこは感嘆の声を漏らした。

自分にできないことを、やすやすとやり遂げるおとなは、こどもにはまばゆく見える。

かのこの声を聞いた大三郎は、遠い昔、自分も同じ声を古参の手代に漏らしたことを思い出した。

仙台堀を渡ってきた風が、笹を揺らした。

サラサラ、サラサラ……。

風に調子を合わせて、笹が葉ずれの音を立てている。笹と一緒に短冊も揺れた。

『男の子が授かりますように』

金銀五枚の短冊に、このみはすべて同じ願いを書いていた。

『つぎは、ちゃんと呼んでもらいたいなあ』

大三郎の短冊は、ひときわ大きく揺れている。書いているのが話し言葉だけに、大三郎の思いの強さが際立って伝わってきた。

「おとうさん……」

しっかりと結わえ終えた大三郎のたもとを、かのこがツンツンと引っ張った。こどもの指さす先には、まねき通り西端のひさごの物干し場が見えた。

まだ五ツ半過ぎで、ひさごは商いを続けているはずだ。が、今夜はおまきとおさちのふたりとも、物干し場に登っていた。

おまきは笹竹を手にしている。これから七夕飾りを結わえ付けるのだろう。

「おさちおねえちゃああん」

かのこの呼びかけた声が聞こえたらしい。おさちは大きく手を振って応えてきた。

「あのふたりが揃って七夕飾りを結ぶなんて、初めて見たぞ」

大三郎がいぶかしげな声を漏らした。まねき通りに暮らし始めてから、ひさごの姉妹が七夕飾りを手にしているのを見るのは、今夜が初めてだった。

「きっと、なにかいいことがあったのよ」

このみが小声で応じたとき。

大きな天の川の両岸で、小さな星が息遣いを合わせてまたたいていた。

第八話　祭半纏

一

深川の富岡八幡宮は二年の陰祭《かげまつり》のあと、三年に一度本祭を催した。

本祭は八月十五日の夜明けから始まる。

三基の富岡八幡宮宮神輿《みやみこし》と、氏子各町の町内神輿が一緒に大川を渡る『神輿連合渡《と》御《ぎょ》』。

これが本祭の呼び物である。

天保七年のいま、町内神輿は十二基にまで増えていた。

その本祭を翌々日に控えた、八月十三日の明け六ツ（午前六時）どき。夜明けを迎えたまねき通りの地べたを、ダイダイ色の朝日が照らしていた。

踊るような足取りでまねき橋を渡ってきたのは、水売りの秀次《ひでじ》である。

「おはようっス」

天秤棒《てんびんぼう》を担いだまま、威勢のいい声で朝のあいさつをした。

「おう、おはよう」

火の見やぐらに登ろうとしていた昇太郎《しょうたろう》は、梯子《はしご》に右足をのせた形で応じた。

ところが先にあいさつをしておきながら、秀次は昇太郎には目をあわさず、いぶかしげな色を顔に浮かべていた。

「なんでえ秀次、そのツラは」

荒っぽい声を発した昇太郎は、火の見やぐらに登るのをやめて秀次に近寄った。

「気持ちよく登ろうとしていたおれに、朝っぱらからおめえは、妙なツラを見せてくれるじゃねえか」

秀次の前に立ちふさがった昇太郎は、声も目つきも尖っていた。

「すまねえ、あにい」

秀次は担いでいた水桶を、地べたにおろして詫びた。

「おれが妙なツラをしたのは、あにいにはまったくかかわりのねえことなんでさ」

夜明け直後だというのに、秀次のひたいには汗の粒が浮かんでいる。首に巻いた手ぬぐいで汗を拭いながら、秀次は詫びの言葉を重ねた。

「おれにじゃねえというなら、なんだっておめえはあんなツラをしやがったんでえ」

昇太郎はまだ気分が治っていないのだろう。物言いは尖ったままだった。

「あすこのことでさ」

秀次はまねき通りの入り口に、あごをしゃくって見せた。

まねき通りの東端は一膳飯屋のおかめと、うなぎの松乃井が向かい合わせになっている。秀次の目は松乃井を見ていた。

「うなぎ屋がどうかしたのか」

秀次の目を追った昇太郎は、さらに声を尖らせた。

「あすこはおめえにとっちゃあ、まねき通りで口開けの得意先だろうがよ」

「それはその通りなんでやすが……」

秀次は語尾を濁した。

天秤棒の前後に、秀次は細長い水桶を提げて運んでいた。前後の桶を合わせれば、一荷（約四十六リットル）もの飲料水が詰められていた。

十二貫強（約四十六キロ）の目方がある水桶は、担ぐだけでもひと苦労だ。しかも水は桶の口元まで、たっぷりと入っている。

こぼさぬように、そして重さに負けぬように運ぶには、腰で調子を取るのがコツだ。

秀次が踊るような足取りでまねき橋を渡ってきたのも、水をこぼさぬためだった。

「じれったい野郎だぜ」

雪駄の先で、地べたをぐりぐり押しつけた。

火の見番を務める昇太郎は、短気なことで知られている。雪駄で地べたを押さえつけるのも、気性のあらわれだった。

「うなぎ屋がどうしたてえんだ」

「そんなにでかい声を出さねえで……」

昇太郎の声を抑えてから、秀次はなににいぶかしさを感じたかを話し始めた。

「松乃井さんには、毎朝明け六ツに二荷の水を納めておりやすが、朝の勝手口にいるのはおカミさんと決まってるんでさ」

ところが今朝は、あるじの清五郎《せいごろう》が勝手口に立っていた。

「おれが松乃井さんに水を納め始めて、足かけ三年になりやすが、旦那が勝手口に立ってたのは、今朝が初めてなんでさ」

その形相の凄さに仰天したことで、納めを言い出せずに外に出てしまったと、秀次は顚末を話した。その声が聞こえたわけではないだろうが、清五郎は勝手口から外に出てきた。

秀次の目が、さらに驚きで見開かれた。

清五郎は松乃井の半纏ではなく、祭半纏を羽織っていた。

二

冬木町には、町内神輿がなかった。

「冬木町に町内神輿がないのは、深川七不思議のひとつだ」

深川っ子たちは、本祭が近づくたびに真顔でこれを言い交わした。

天保七年のいま、富岡八幡宮の町内神輿は十二基ある。

佐賀町の特大三尺神輿二基を筆頭に、門前仲町が二基、永代町も二基を持っていた。

ほかには佃町、山本町、黒江町、大島町、平野町、海辺大工町が一基ずつで、合わせて十二基である。

これらの町内神輿に、富岡八幡宮の宮神輿三基が加わり、都合十五基の神輿が大川を渡り、そして戻ってくる。

それが三年に一度の本祭の呼び物である『神輿連合渡御』だ。

「本祭のときにゃあ、うちの町内神輿を一緒に担いでみねえか」

うちの町内神輿を担ぐ。

他町の者に向かって、これが言えるかどうかで、幅のきき方はまるで違った。

とりわけ若い娘の前では……。

「町内半纏も鉢巻きも用意しとくからよう。今度の本祭は、うちの町内神輿を担ぎにきねえな」

「巡行の途中で、女神輿も仕立てるからよう」

「おめえさんの艶姿《あですがた》を、他町の若いモンに見せつけてやんねえな」

うちの町内神輿を担ごう。

思いを寄せている娘にこれを言うのは、口説きの決めゼリフも同然だった。

それほどに深川っ子は男も女も神輿が好きだった。そして町内神輿のあるなしは、町の威勢にも大きくかかわった。

冬木町は材木問屋が軒を連ねる町である。材木商は大尽だと、だれもが思った。

そんな金持ちがひしめき合う冬木町なのに、町内神輿はなかった。

「うちらの材木を買ってくださるお方が大勢いらっしゃるから、身代も大きくなるのだ。そんなお客様の町がまだ神輿を持っていないのに、冬木町がはしゃいで町内神輿を持つわけにはいかない」

元禄時代の始まりごろに、冬木町の肝煎《きもいり》はきっぱりとこう断じた。

江戸でその名を知らぬ者はいないと称された豪商・紀伊国屋文左衛門《きのくにやぶんざえもん》も、冬木町に店を構えていた。

江戸の町をそっくり買えると言われたほどの財力を持つ紀文だったが、肝煎の言うことには従った。

「そういうことなら、思いっきり豪勢な寄進をしようじゃないか」

肝煎の言い分に従った紀文は、町内神輿の新規誂えを思いとどまった。その代わりに、富岡八幡宮の宮神輿三基を寄進した。

いずれも大型の三尺神輿で、三基とも金張りの豪勢な仕上げである。

神輿は富岡八幡宮の神輿蔵に納められた。

紀文が存命だった元禄時代の本祭では、冬木町の若い衆が揃いの半纏をまとってこの三基を担いだ。

宮元の住人も、冬木町の若い衆が担ぐのを当然として受け入れた。

しかし桁違いの身代を誇った紀文も、栄華は長くは続かなかった。

五代将軍綱吉《つなよし》が没するなり、将軍の寵愛を一身に浴びていた柳沢吉保《やなぎさわよしやす》は、致仕《ちし》せざるを得なくなった。

吉保が失脚したことで、紀文も墜《お》ちた。

奉納した三基の宮神輿は残ったが、担ぎ手は冬木町から宮元へと移った。

そうなったあとも、冬木町に材木商が集まっているのに変わりはなかった。

大尽が多く住む町であることも同じである。

元禄のあとは宝永・正徳・享保と、わずか十三年の間に三度も改元が行われた。

享保二年の本祭を前にして、材木商の寄合が開かれたとき。

「宮神輿を、いまさら冬木町の者にも担がせろとは言えない。いっそのこと改元の縁起直しも含めて、冬木町でも町内神輿を拵えてはどうだ」

神輿造りの費えには、いささかの心配もない冬木町である。

「験直《げんなお》しというのは、格好の言いわけになる」

「町の威勢を考えても、いまこそ神輿を新たに誂えるときだ」

材木商の当主たちも、町内神輿の新規誂えには大いに乗り気になった。

ところが……。

「奢侈《しゃし》に走ること、まかりならぬ」

八代将軍吉宗《よしむね》は、公儀の財政立て直しのために徹底した倹約令を敷いた。

武家は俸給の米を貸すという形で、藩の米びつを干上がらせぬための協力を強いられた。

吉宗は品位の落ちていた金貨を、元禄以前の含有量に戻すこともした。公儀基軸通貨の品位を高めて、信頼性を取り戻そうと務めたのだ。

それを行うためにも、緊縮財政を断行。

武家のみにではなく、町人にも倹約を強いた。政《まつりごと》の権力は公儀にあったが、富はすでに町人の側に移っていたからだ。

冬木町の町内神輿は、費えは潤沢にあったにもかかわらず、新規誂えは見送られた。

三

「おめえがあの旦那を見たのが、初めてだてえならしゃあねえが」

昇太郎は口調を和らげた。

「本祭が目と鼻の先にいるんだぜ」

富岡八幡宮の本祭は、二日後に迫っていた。

「それはあっしも知ってやすが」

秀次は言葉を濁した。

秀次ももちろん、本祭があさってに迫っているのは知っていた。本祭には祭半纏を羽織るのが深川の流儀であるのも分かっていた。

分かってはいたが、まだ明け六ツ直後である。商いの下拵えもこれからだという早朝なのに、清五郎は店の半纏ではなく、祭半纏を羽織っていた。

しかも半纏だけではない。

半纏の下には白木綿を肌に巻いており、股引の代わりに半ダコ（半丈の股引）、足袋《たび》に鉢巻きという、本寸法の祭装束なのだ。

秀次は清五郎の身なりに驚いていた。

水売りの秀次がなにに戸惑いを覚えているかを、昇太郎は察したようだ。

「本祭が終わるまでは」

昇太郎は清五郎の祭装束をあごで示した。

「松乃井の旦那の気持ちてえのは、宮元の神輿に行っちまってるからよう」

いまはなにを言っても耳には入らないと、呆れ気味の声で話をした。

「そんなに祭が好きなんで？」

「聞きてえか」

問われた秀次は、大きくうなずいた。

「話してもいいが、その水を納めに行く途中だろうがよ」

「そいつあ、そうだ」

秀次は素早く天秤棒を肩に渡した。

「急ぎ納めてきやすから、そのまま待っててくんなせえ」

「そいつあ無理だ、火の見をうっちゃるわけにはいかねえ」

昇太郎の顔つきが、物言いとともに引き締まった。

「続きを聞きてえなら、おめえがやぐらの上まで登ってきねえな」

「がってんでさ」

秀次は即答した。

松乃井は毎日、二荷の水を納める大事な得意先だった。そこのあるじにかかわる話である。

幸いにもこのあとに控えている納め先は、長屋ばかりだ。多少遅くなったとしても、客先に迷惑はかからない。

天秤棒を担いだ秀次は、腰で調子をとりながら松乃井の勝手口に向かった。

いつもの朝と同じように、二荷の水は女房のまつが受け取った。

「今朝初めて、旦那の顔を見させてもらいやした。すっかり祭装束でやしたぜ」

愛想代わりに言うと、まつのは目元を曇らせた。

いけねえ。

胸の内でつぶやいた秀次は、二荷の水を急ぎ水がめに移してから外に出た。店先に回ったときには、すでに清五郎の姿はなかった。

＊

「清五郎てえひとの在所は向島《むこうじま》でよう。ガキの時分から、在所じゃあ祭好きで通っていたらしい」

秀次に話しながらも、昇太郎は四方に目を配るのを怠らなかった。

「十二のときに、富岡八幡の本祭のことを知ったそうだ」

富岡八幡宮の祭の近くにいたい……それを果たすために、清五郎は仲町の魚屋で丁稚小僧として奉公を始めた。

浅草の三社祭の肝煎のひとりが、清五郎の丁稚奉公の身請け人になっていた。

たかだか十二歳のこどもだったが、神輿の肝煎に認めてもらえるほどの器量があったということだ。

清五郎が奉公を始めた鮮魚屋は、得意先に松乃井を持っていた。

松乃井は元々、門前仲町に店を構えていた。が、もらい火で焼け出されて、まねき通りに移った。

木場の材木置き場が近くて、火消しが整っている。しかも火の見やぐらが目の前。

火事の怖さが骨の髄まで染みこんでいた松乃井のあるじ松次郎《まつじろう》は、まねき通りの空き店をひと目で気に入った。

冬木町に移ったあとも、松乃井にうなぎを納めに毎日出向いたのが清五郎だった。

門前仲町のころよりは、松乃井は小体《こてい》な店になった。店が小さくなったことで、職人の数も減らした。

それまでにはなかったことだが、うなぎの納めを松次郎がみずから吟味するようになった。仲町のころは、職人頭が吟味していた。

「先代の松次郎さんも、清五郎さんに負けねえ神輿好きだったからよう。すっかりふたりは気が合ったてえことさ」

まつのと所帯を構えろと強く勧めたのは、松次郎当人だった。

四

「そいじゃあ清五郎さんは、松乃井に婿入りをしたてえことでやすかい？」

「いまさら、そんなことを訊くんじゃねえ。さっきからおれは、そう言ってるじゃねえか」

秀次の呑み込みのわるさに、昇太郎は焦れたような物言いをした。

清五郎が松乃井に婿入りしていたことは、訊いている秀次当人だって、知っているはずだと昇太郎は思っていた。

ゆえに秀次に対する昇太郎の物言いは、ぞんざいだった。

「ですが、あにい……」

秀次はしかし、さらに食い下がろうとした。

「清五郎さんが婿入りをしたときにゃあ、松次郎さんはまだ自分で焼いてたでしょうし、親方の下には職人もいたんでしょうが」

「なんでえ、秀次。おめえはおれの話を、しっかり呑み込んでるじゃねえか」

秀次がきちんと話を聞いていたと分かり、昇太郎は語調を和らげた。

「おめえの言う通りさ」

昇太郎は秀次の肩をポンッと叩いた。呑み込みのいいこどもを褒めるような仕草だった。

「清五郎さんが婿入りをしたのを潮時に、松次郎さんはきっぱりと隠居を決めたんだ」

「隠居って……」

秀次は目を丸くして驚いた。

「そうは言っても、松次郎親方はまだまだ隠居するような歳でもなかったでしょうに」

「そこが松次郎親方のえれえところさ」

昇太郎は胸を反り返らせた。まるで自分のことを自慢するかのようだった。

清五郎とまつのが祝言を挙げたとき、宮元と仲町の肝煎たちは、『木遣《きや》り』で祝った。

松次郎が頼んだわけではない。

「いままでたらふく、美味いうなぎを食わせてもらった。その御礼代わりだ」

肝煎たちの木遣りは、祝言を挙げる娘夫婦へと言うよりは、松次郎への御礼だった。

肝煎衆が頼まれもしないのに木遣りを唄おうとしたほどに、松次郎の焼くうなぎは美味だった。

祝言がお開きになる直前に、うなぎの蒲焼きが宴席に供された。全員の膳に行き渡ったのを見定めてから、松次郎があいさつに立ち上がった。

「いま膳に載っているのは、婿の清五郎がさばいたうなぎでやす」

松次郎は宴席を見回してから、あいさつを続けた。

「婿を手放しで褒めたりすると、親ばかだと言われそうでやすが、この包丁が使えるなら松乃井を任せても安心でやす」

今日を限りに松乃井は娘夫婦に譲ると、松次郎は宴席で告げた。

この先は女房の在所の潮来《いたこ》に移り、そこでのんびりとうなぎを釣り、獲《と》れただけのうなぎを商うことにする。いま手元にいる職人は、潮来に連れて行く。

これからは新しい松乃井を、清五郎とまつのが作り上げればいい。

今後とも、なにとぞごひいきにお願いしやすと、松次郎は締めくくった。

「娘夫婦の邪魔をしないようにと、潮来に引っ込むということか」

「やはりあの親方は、大した男だ」

宴席に集った客は、口々に松次郎の潔さを称えた。

松乃井を託された清五郎は、松次郎の心遣いに応えようとして踏ん張った。もともとうなぎ職人としての技量は、裂くのも焼くのも充分にあった男だ。

うなぎ屋の命ともいえるタレの、瓶ふたつを松次郎はまねき通りに残していた。

清五郎はひたすらうなぎを裂き、そして焼き上げた。まつのは土間に回り、客あしらいを受け持った。

「松次郎さんが、あとを託しただけのことはある」

「二代目になっても、美味さは深川一だ」

客は世辞抜きで、うなぎの美味さを褒めた。

しかし三年を待たずに、様子が変わった。

祝言のあと、二年が過ぎたときに本祭が巡ってきた。

気の早い町は、六月に入ると本祭の支度を始める。商家のなかには、六月中旬から軒下に奉納提灯を下げるところもあらわれた。

六月下旬には、清五郎からすっかり落ち着きが失せた。

「おめえは親方から、裂きも焼きも仕込まれてるだろうがよ」

「もちろん仕込まれたけど、どうして?」

いぶかしげな声で、まつのが問いかけた。が、清五郎は女房の様子には構わず、大きく顔をほころばせた。

「客あしらいには今日の四ツ（午前十時）から、宗八店のおせきさんが手伝いに来てくれる段取りだ」

清五郎は女房の顔をまともには見ずに、一気に言い分だけを口にした。

「裂きと焼きは、おめえに任せたぜ」

わけが分からないまつのは、口を半開きにして返事もできなかった。

これが清五郎の、神輿へののめり込みの始まりだった。

そのあとも三年に一度の本祭のたびに、清五郎は稼業を放り出して神輿かつぎにのめり込んだ。

「清五郎さんてえひとは、飛び切り様子がいいのに女遊びをするわけじゃねえ。酒はほどほどに呑むぐれえだし、博打はまるっきりやらねえ」

神輿狂いだけがあのひとの瑕《きず》だと、昇太郎は結んだ。

「こうして話しているいまだって、清五郎さんは宮元の神輿に肩を入れようとしているはずだ」

昇太郎は富岡八幡宮のほうに目を向けた。

明け六ツをすでに四半刻ほど過ぎた見当である。

「おめえ、てえげえに水売りに戻らねえと、客をしくじるだろうがよ」

「そうでやした」

秀次は、手すりをまたいで梯子に両手をかけた。

わっしょい、わっしょい。

宮元のあたりから、威勢のいい神輿の掛け声が流れてきた。

五

揉め事が起きたのは、四半刻の稽古を終えて神輿を馬（神輿の置き台）に載せたときだった。

「差すときはよう」

眉間に深いしわを刻んだ清五郎が、尖った声を発しながら半吉に詰め寄った。

「中途半端なところで腕を止めてねえで、もっと思いっきり伸ばしねえ」

瓜実顔には似合わない荒々しい口調で、清五郎は半吉に文句をつけた。

『差す』とは、両腕を上に伸ばして、神輿を高く持ち上げることをいう。

建具職人の半吉は背丈が五尺二寸（約百五十八センチ）で、清五郎よりは三寸（約九センチ）低かった。

清五郎と半吉は、前後に並んで肩を入れていた。差すときの半吉の腕の伸ばし方が、清五郎は気にくわなかったのだ。

うなぎを料理しているときの清五郎は、おだやかで声を荒らげることは滅多になかった。

ところが神輿に肩を入れるなり、内に隠していた激しい気性がおもてに出た。担ぎ方が気に入らないときは、だれかれ構わずに文句をつけた。

祭本番をあさってに控えた今朝は、稽古にも一段と気合いが入っている。清五郎の物言いも、刺々《とげとげ》しさを増していた。

「なんでえ、その言い草は」

多くの者の前で文句をつけられた半吉は、肩を怒らせて三寸高い清五郎を睨《にら》みつけた。

「おれの差しにケチをつけるたあ、どこのどなたさんなんでえ」

半吉は半纏の袖をまくり上げた。小柄だが、腕っ節と鼻っ柱の強さで通っている男だ。

担ぎ手たちがふたりを取り囲んだ。

「訊かれりゃあ答えるが、おれは冬木町松乃井の清五郎だ」

清五郎も負けずに腕まくりをした。

「おめえが松乃井の入り婿野郎か」

半吉は鼻先で嗤った。

宮元の神輿は、三基とも三尺の大型だ。控えまで加えれば、三基の神輿に千二百人の担ぎ手が群れている。

半吉と清五郎は、今朝が初顔合わせだった。

「婿だからと、因縁をつけようてえのか」

松乃井の婿と呼ばれるのを、清五郎はなにより嫌った。半吉はしかも「入り婿」という言い方をした。色白の清五郎が、こめかみに青筋を浮かべた。

「因縁はつけねえが、婿なら婿らしく、しっかりと稼業に汗を流しやがれ」

半吉は清五郎に一歩を詰めた。

「おめえがこうして、よその町内の神輿担ぎに出張ってきやがるからよう。松乃井のうなぎは、女房任せだてえじゃねえか」

裂くのも焼くのも素人の女房。

客あしらいは、裏店の婆さん。

ひどいうなぎを食わされた挙句に、ぞんざいな扱いをされた客は何人もいる。その連中は、二度と松乃井には行くもんかと、深川中に言いふらして回っている……そう言い切って、半吉はさらに袖をまくり上げた。

「わけを知らねえ連中は勝手なことを言うが、このままじゃあ健気《けなげ》に店を守ってるまつのさんが、あんまり可愛そうじゃねえか」

まつのさんの蒲焼きは素人仕事なんかじゃねえと、半吉は語気を強めた。

「焼き方がてえねえだから皮もおもてもカリカリなのに、身はふっくらしていてよう。たっぷり美味さが詰まってらあ」

女が焼いているから、ひとは色眼鏡で見てしまう。しかし素直な気持ちで味わえば、あんな蒲焼きは深川中を探しても食えないと分かるはずだ。

遠からず、まつのさんの焼いた蒲焼きは評判になると半吉は言い切った。

「おれの差しにケチをつけるめえに、冬木に飛んでけえって、おめえにはやんなきゃあならねえことがあるだろうがよ」

半吉の啖呵《たんか》を、取り囲んだ連中がそうだ、そうだと囃し立てた。

他町の冬木町から押しかけてきながら神輿の担ぎ方には、年長者にも遠慮のない文句をつける清五郎。

そんなあり方が、宮元の担ぎ手の多くから反感を買っていたのだ。

言い返す言葉に詰まった清五郎は、先にこぶしを振り上げた。そのこぶしで殴りかかる前に、半吉が頭突きを食わせた。

不意の突進をまともに受けた清五郎は、背中から地べたに倒れ込んだ。半吉はそのまま馬乗りになり、右手で清五郎の頬を張った。

二発目を張ろうとしたとき、右手を町内鳶《とび》のかしら雅五郎《まさごろう》が摑んだ。

「祭はあさってに迫ってるぜ」

雅五郎のひとことで、騒動は鎮まった。

*

「出がらしのからっ茶だけどさ。一杯呑んで落ち着きなさいよ」

雅五郎の女房は、亭主が連れてきた清五郎に焙じ茶を供した。

熱々の焙じ茶は、強い湯気を立ち上らせている。茶請けには、やぐら下の菓子屋岡《おか》満津《まつ》の辰巳八景最中が添えられていた。

かしらの女房から示された、情の厚みに富んだもてなし。

目一杯までささくれだっていた清五郎の性根が、じゅわっと音を立てて湿り始めていた。

「気が立ってるときは、甘いもんが効くぜ」

言うなり六尺男の雅五郎が、小さなもなかを口にした。その形につられて、清五郎も茶をする前にもなかを頬張った。

「うめえ……」

清五郎が漏らしたのは、世辞ではなく正味のつぶやきだった。雅五郎の目に、強い光が宿された。

「うめえのは当たり前だ」

雅五郎は清五郎を見据えた。気性の荒い火消し人足も従わせる雅五郎の眼光である。

清五郎はもなかを呑み込むと、湯呑みには手を伸ばさずに背筋を張った。

「仲町中が祭で浮かれていても、岡満津の親方は今日も朝から神輿には目もくれずに、うめえ餡《あん》を仕込んでる」

雅五郎は湯呑みの茶をすすった。ごくっと音がして、太い喉仏が動いた。

「うちの火消し連中も半分は宿に詰めているし、夜通し六人が代わりばんこで火の見やぐらにも上っている」

餡を拵える岡満津の親方も、鳶宿に詰めている若い者も、ひと一倍の祭好きだ……。

雅五郎は清五郎を見詰めたまま、茶をすすった。

「あんたが食ったもなかがうめえのは、岡満津さんが命がけで餡を拵えてるからだ」

湯呑みを膝元に置いた雅五郎は、背筋を伸ばした。六尺男は、座っていても大柄である。

清五郎も精一杯に背筋を張ったが、雅五郎には遠く及ばなかった。

「祭半纏を着てえなら、汚しちゃあならねえ」

雅五郎の口調が変わっていた。

「仕事は半端だが神輿は担ぎてえというのは、はな垂れ小僧にも嗤われる言い草だ。そんな半端野郎には、神輿の担ぎ方をあれこれ言うことはできねえ」

小さな声だが響きはいい。清五郎の身体の芯にまで届いたらしい。清五郎はびくっと身体を震わせた。

「おめえさんが差しをどうこう言った建具屋の半公も、飛び抜けた神輿好きだが、あんたと違って半端仕事はやらねえ」

本祭の神輿を担ぐために、七月は一日も休みをとっていない。八月はすでに二度も夜鍋仕事をこなしていた。

「神輿には神様が乗っておいでだ」

雅五郎の目の光が、さらに強まった。

「肩をいれても恥ずかしくねえように、しっかり仕事をやりねえな」

「へい」

背筋を伸ばしたまま、清五郎はきっぱりと答えた。

「了見違いを勘弁してくだせえ」

詫びた清五郎は、勢いよく立ち上がった。

「宿にけえって、仕事に身をいれやす」

下げたあたまを清五郎が上げたとき、雅五郎は目元をゆるめた。

「せっかく女房がいれた茶だ、ひと口すすってからけえりねえ」

「ありがとうごぜえやす」

座り直した清五郎は、湯気の立つ焙じ茶に口をつけた。

「うちのカミさんも焙じ茶をいれるのが自慢でやすが、これもまた滅法にうめえ……」

「なんでえ、それは」

雅五郎はわざと目を尖らせた。

「殊勝に詫びたと思ったら、おれの前でのろけようてえのか」

「へいっ」

清五郎はさらに強い返事をした。

くしゅん。

何町も離れたまねき通りで、まつのが可愛いくしゃみをした。

第九話　十三夜

一

冬木町は材木商の町である。

町の大通りの両側と仙台堀河畔には、江戸でも名の通った材木商がひさしを接して建ち並んでいた。

冬木町の材木商といえば、蔵前の札差《ふださし》と肩を並べる大尽である。表通りに店を構える材木商は、どの店の間口も十間（約十八メートル）を超えていた。

それほどの大店が揃っているというのに、冬木町にはただ一軒の駕籠《かご》宿しかなかった。まねき通りの『つるや』、ただ一軒である。

「なんだって冬木町には、つるやしか駕籠宿がねえんだ」

「材木商の旦那衆てえのは、駕籠にも乗らねえってか」

「大きなことを言うわりには、材木屋は始末屋ぞろいかよ」

他町の連中は、勝手なことを言い募った。

しかしこれらの言い分は、まったくの的外れである。

木場の旦那衆が太っ腹で豪気だからこそ、つるや一軒だけが駕籠宿を営んでいたのだ。

九月十三夜を二日後に控えた、天保七年九月十一日。夜明けどきには、肌寒さを覚えた。とはいえ朝の光は、すこぶる威勢がよかった。

「今年も十三夜が、明後日に迫ってきたわねえ」

つるやの内儀ますみは庭に出て、昇り来る天道に向かって合掌した。

「このまま晴れが続いてくれりゃあ、十三夜にはさぞかしでかい満月が浮かんでくれるだろう」

つるや当主の利助《りすけ》は、大きな音をさせてこの朝初めての焙じ茶をすすった。

焙じ茶に、大粒の梅干しを茶請けにすることで、利助の一日が始まる。茶の支度は、もちろんますみの役目である。

つるやの庭の先には、仙台堀が見えていた。朝日は仙台堀を越えたはるか先の、洲崎沖から昇る。

晴れた朝の日の出に向かってますみが手を合わせるのも、利助の朝茶同様に、一日を始める慣わしだった。

「今年の月見は、木柾さんと柏原銘木《かしはらめいぼく》さんで十挺全部をと言われてますでしょう?」

「そうだが、それがどうかしたか?」

利助はいぶかしげな物言いで、連れ合いに問いかけた。

「木柾さんも柏原さんも、どちらも飛び切りの晴れ屋さんじゃありませんか」

「そうかっ」

利助はあぐらを組んでいた太ももを、左の平手で強く叩いた。小気味よい、パシッという音がした。

「今年の月見は木柾さんと柏原さんのおかげで、晴れは間違いねえってことか」

利助は声を弾ませた。

ますみが目元をゆるめて大きくうなずいたとき、宝仙寺《ほうせんじ》駕籠の前棒、辰丙《たつへい》が庭の木戸を開いて入ってきた。

「おはようごぜえやす」

五尺七寸(約百七十三センチ)、目方十六貫(約六十キロ)の辰丙は、つるやで一番の韋駄天《いだてん》である。上背があって様子がいい辰丙は、利助お気に入りの駕籠舁《か》きだ。

「今朝もあれかい?」

「へいっ」

辰丙は短い返事で応じた。

あれとは、富岡八幡宮への明け六ツ参りのことだ。

「明後日の十三夜は、木柾さんと柏原さんの二軒で、うちの駕籠は総揚げでやす」

つい先刻、ますみと利助が話し合っていたことを、辰丙がなぞり返した。

「せっかくの月見が晴れますように、今朝はことのほか念入りに八幡様にお願いしてきたところでさ」

辰丙は柏手《かしわで》を打つ素振りを示した。

つるやは十挺の駕籠を持っており、そのうち三挺は屋根付きの宝仙寺駕籠である。駕籠舁きは控えまで含めて、二十四人を擁していた。

辰丙は二十八歳。年上の駕籠舁きは何人もいるが、宝仙寺駕籠の前棒を担ぐ辰丙は、二十四人の頭を務めていた。

「おめえの心がけのよさには、つくづく感心するぜ」

「ほんとよねえ」

ますみも顔をほころばせて相槌を打った。

「ふざけんじゃねえ」

「なんだと、この野郎。だれに口をきいてやがんでえ」

いきなり二階から、駕籠舁きが怒鳴り合う声が聞こえてきた。

声を聞くなり、辰丙は駆けだしていた。

二

利助がまねき通りにつるやを開業したのは、いまから十二年前の文政七（一八二四）年九月のことだ。その一年前、文政六年十月までの冬木町には駕籠宿は二軒あった。

一軒は宝仙寺駕籠三挺に、四つ手駕籠四挺を持っていた堀田《ほった》屋である。

堀田屋のあるじ承平《しょうへい》は、五尺（約百五十二センチ）の小柄な男だ。小男だと言われないために、承平は歯の高さが五寸（約十五センチ）もある、別誂えの足駄を履いていた。

しかも足駄履きがばれないように、長着の裾を長くして、足駄を隠した。

手に提げる巾着袋は、日本橋越後屋で誂えた縮緬《ちりめん》の上物である。承平はわざわざ巾着の四隅に『日本橋越後屋謹製』の縫い取りをつけさせていた。

銀のキセルは尾張町菊水《おわりちょうきくすい》の別誂えだし、足駄は浅草並木町《なみきちょう》の長谷川《はせがわ》に拵えさせた。

持ち物すべてを名の通った老舗に誂えさせることで、承平はおのれに箔をつけた気でいたのだが。

「高い足駄を履いて背の低さをごまかそうなどは、所詮は駕籠宿亭主の猿知恵だ。しかも長着の裾で足駄を隠すなどは、沙汰の限りじゃないか」

「老舗の縫い取りをこれみよがしに見せつける振舞いも、お里が知れるというものだ」

陰で散々に言われているのも知らず、承平は足駄を履き、越後屋の巾着を手に提げて往来の真ん中を行き来した。

佐塚《さつか》屋は、堀田屋と通りを挟んだ向かい側で商いをしていた。駕籠宿の看板を掲げていながら、持っているのは粗末な四つ手駕籠ばかり六挺だった。

女あるじの名はおぎん。女ながら背丈は五尺四寸（約百六十四センチ）あり、尻の肉置《ししお》きのよさを見せつけるかのように、季節を問わず薄手の長着を身につけていた。

「毎度ごひいきを賜り、ありがとう存じます」

若い手代が来店したときは、かならずおぎんが接客した。そして尻を左右に振って歩き、手代の目を丸い尻に釘付けにさせた。

「佐塚屋のおぎんてえ女あるじは、駕籠舁きの酒手《さかて》までも、てめえのふところに仕舞うらしいぜ」

「道理で年中、軒下に招き猫がぶら下がっているわけだ」

招き猫とは、駕籠舁き雇い入れを告げる杉板の札である。

「そんなことで得心してたんじゃあ、なんにも分かっちゃあいねえな」

話に加わった川並の正二《まさじ》は、声を潜めて仲間を見回した。

「なんでえ、正二。おめえはやけに、わけ知り顔じゃねえか」

「知ってるもなにも、聞いて腰を抜かすなよ」

話の続きに戻る前に、正二はぺろりと唇を舐めた。

「駕籠舁きの居着きがよくねえのは、おめえたちも知っての通りだが、なんだってそんな居心地のよくねえ駕籠宿に、駕籠舁き連中がわらじを脱ぐ気になるのか、そのわけは知らねえだろうが？」

得意顔で仲間を見たあと、正二はさらに声を潜めた。

「あのおぎんてえ女は、てめえの身体で駕籠舁き連中をとりこにするんだ」

「なんだとう？」

仲間が目を剝いた。正二はさらにしたり顔を拵えた。

「言ってみりゃあ、すこぶるたちのわるい女郎蜘蛛が、あの女あるじてえわけだ」

おぎんの毒が回っている間、駕籠舁きは佐塚屋から逃げられない。が、熱が冷めるなり、軒下に唾を吐いて出て行った。

おぎんは顔色も変えず、また『招き猫』を軒下に吊り下げるという。

「堀田屋のあのチビあるじにも、女郎蜘蛛の毒が回ってるからよう。なにかにつけて手伝いを買って出てるてえわけだ」

言い終えたあと、正二はまた唇を舐めた。

「ところが堀田屋も、強欲にかけては負けてねえからよう。女郎蜘蛛をたっぷりいただいたあとも、商いの銭勘定は別だと念押ししてるらしいや」

「女郎蜘蛛をただ食いして、足駄代をひねり出そうってか」

川並たちは遠慮のない口調で、堀田屋と佐塚屋をこき下ろした。

しかし堀田屋も佐塚屋も、材木商の当主や番頭などには、物言いにも接し方にも気を遣っていた。

大事な客をしくじらないためにである。

とはいえ承平もおぎんも、カネがなにより大事なのだ。駕籠を求める客が立て込む年末年始や物日、荒天の日などは、ついつい身の内に秘めている強欲さが鎌首をもたげた。

今日は駕籠客が立て込むと判ずるなり、おぎんは通りを渡って堀田屋をおとずれた。

「なにぶんにも、よろしくお願いしましたよ」

談合を終えたおぎんは、いつにも増して尻を振って通りを渡った。

ふたりが密談を交わしてから四半刻（三十分）も経ぬうちに、何軒もの材木商から駕籠の注文が持ち込まれた。

手代との掛け合いには、承平とおぎんが臨んだ。

「なにぶんにも、この大雨だからねえ。駕籠がすっかり出払っちまった」

土間に四つ手駕籠が立てかけられているにもかかわらず、承平もおぎんも駕籠はないと突っぱねた。

「あの駕籠はどうなっているんですか？」

手代が四つ手駕籠を指さすと、承平は口元をいやらしくゆるめた。

おぎんは手代に一歩を詰めて、尻をお仕着せにくっつけた。

「あれは先約がへえってるからね。無理にあれを回すとなると、この雨模様のことだ、いつもの三倍は出してもらわねえと」

客の足下を見透かし、高値を吹っかけた。

「駕籠屋とは、つまるところそういう生業だ。いちいち、めくじらを立てることもない」

木場の旦那衆も番頭も駕籠屋とは争わず、言い値を呑んだ。

二倍、三倍の酒手を迫られたところで、材木商のふところからみればたかが知れていた。

堀田屋と佐塚屋の強欲を、材木商たちは眉をひそめながらも受け入れた。

材木商が持つ桁違いの財力と、役人たちとの深いつながり。このふたつを使えば、堀田屋と佐塚屋を叩き潰すのはわけのないことだ。が、どの材木商も、手荒なことはしなかった。

冬木町から駕籠宿がなくなると、もっとも困るのが材木商当人たちだったからだ。

しかし文政六年の九月十三夜に、堀田屋と佐塚屋は、ともに取り返しのつかないしくじりをおかした。

冬木町一番の大店、木柾の当主を激怒させてしまったのだ……。

三

「おまえたちのように、寄ると触るといがみ合う相肩《あいかた》もいないもんだ」

善太《ぜんた》と矢ノ平《やへい》を前にして、利助は目つきをきつくした。

「駕籠を担いでいるときは、これほど息遣いの合っている者はいないと、だれもが褒めるというのに」

長柄から肩を外すなり、たちまちいがみ合いを始める……叱る口調の強さに合わせて、利助はキセルを灰吹きにぶつけた。

ボコンッ。

銀の雁首で叩かれ続けている灰吹きは、縁のあちこちがへこんでいた。

「あさっての月見が、うちにとってどれほど大事かは、おめえたちだって分かり過ぎるぐらいに分かってるはずだ」

利助はドングリ眼《まなこ》を細くしてふたりを見た。利助の怒りが破裂する前触れである。善太も矢ノ平も首をすくめて、落ちるカミナリに備えた。

「おまいさん……」

ますみが帳場に入ってきたのは、まさに利助が身の内で膨らませた怒りを破裂させようとしたときだった。

「なんだ?」

利助は細くしたままの目で女房を見た。

「木柾の利兵衛《りへえ》さんがお見えです」

ますみが口にしたことを聞くなり、利助の目が大きく見開かれた。

まだ朝の五ツ(午前八時)だ。冬木町一の大店の、頭取番頭が駕籠宿に顔を出すには、ときが早過ぎた。

それよりなにより、利助になにか用があるなら、小僧を差し向ければすむことだ。利兵衛の呼び出しであれば、両替商の番頭でも言われたその足で駆けつけるに違いない。

木柾の威光は、深川ではそれほどに強いものだった。

前触れもなしに利兵衛が駕籠宿に顔を出すなどは、尋常なことではない。

「続きはあとだ」

善太と矢ノ平を見開いた目で睨みつけてから、利助は客間に向かった。

利兵衛の膝元には、焙じ茶と薄切りのようかんがすでに供されていた。いずれも利兵衛の好物であるのを、ますみは心得ていた。

「前触れもなしにわるかったが、気持ちよく晴れた空を見ていたら、無性にあんたの顔を見たくなったもんでね」

焙じ茶をすすったあと、利兵衛は薄切りようかんを黒文字で半分に割った。

ようかんが大好物の利兵衛だが、厚切りは好まない。黒文字で半分に割るには、ほどよく薄くなければならないからだ。

「あんたに無理を頼みに行った日の朝も、今朝と同じように秋空が晴れ上がっていた」

利兵衛は十二年前のことを、昨日の出来事のような口調で話した。

「はっきり覚えております」

相槌を打ったあと、利助も焙じ茶をすすった。開いた障子戸から、朝の秋風が流れ込んできた。

川風を浴びて、庭に植えられた尾花《すすき》が揺れた。

十三年前の文政六年九月十三夜。

木柾は材木置き場に舞台を設《しつら》えて、月見の宴を張った。

「わざわざご足労をいただきまして……」

当主仁左衛門《にざえもん》みずから、招待客をもてなした。客は日本橋室町三丁目の鼈甲《べっこう》問屋田《た》代屋正左衛門《しろやせいざえもん》と、田代屋の頭取番頭、二番番頭の三人だ。

その年の八月に、田代屋当主は鉄砲洲《てっぽうず》に寮（別荘）の普請を始めた。総檜のぜいたくな寮で、材木だけでも二百両に届くという大普請である。

木柾といえども、ひとつの普請で材木代二百両という商いは、滅多にあるものではない。ゆえに仁左衛門みずから接待に出ていた。

高さ三寸（約九センチ）の杉舞台を設えて、白木綿を敷き詰めた。昼間なら敷くのは緋色毛氈《もうせん》だが、月見の宴だ。

足下が分かりやすいように、白布を敷いた。

宴の途中で、天候が急変した。あっという間に分厚い雲がかぶさり、月が消えた。

風を追いかけるようにして、雨も降り出した。通り雨というには、雨粒が大きかった。

「てまえどもの座敷で様子見を願います」

仁左衛門は三人の客を極上の客間に招き入れた。深川で一番の材木商が、贅の限りを尽くして普請した客間である。

「大した普請ですなあ」

田代屋は正味で感心した。上機嫌で盃《さかずき》を重ねていたが、一刻（二時間）が過ぎても雨は一向に収まらない。

収まらないどころか、風が暴れ始めた。

「この風では船は危ないでしょうから、駕籠を支度させていただきます」

仁左衛門の指図で、小僧は堀田屋へと駆けた。堀田屋には屋根付きの宝仙寺駕籠が三挺あると分かっていた。

木柾を弾んだ駆け足で飛び出した小僧だが、帰ってきたときは途方に暮れた顔つきに変わっていた。

「宝仙寺駕籠は出払っているから、迎えに行けるのはいつになるか分からないと言われました」

堀田屋の返事を三番番頭に伝えたあと、小僧は口元を歪めた。

「どうした、その顔は」

「堀田屋さんはああ言ってますが、三挺とも駕籠は土間に残っていました」

「また、あれか」

番頭が顔をしかめたとき、仁左衛門が出張ってきた。駕籠がどうなっているか、みずから様子を確かめにきたのだ。

「じつは……」

小僧から聞き取ったことを仁左衛門に聞かせたあと、番頭は腹立たしげに舌打ちをした。

「酒手のことなら、言い値の倍を払ってもいい。とにかく支度をさせなさい」

大店の当主とも思えない苛立ちを、まともに番頭にぶつけた。

「かしこまりました」

三番番頭が指図にあたまを下げたとき、店先に堀田屋当人が姿を見せた。安物の四つ手駕籠に、帆布をかぶせていた。

「お急ぎだと思いましたので、こんな駕籠を支度させてもらいました」

恩着せがましく言ったあと、酒手はいつもの四倍になりますと告げた。

「そんな駕籠などは論外だ」

仁左衛門は堀田屋の申し出を撥ねつけた。

「あんたのところには、三挺とも宝仙寺駕籠があるそうじゃないか」

怒りを募らせた仁左衛門は、みずから堀田屋を相手にした。番頭が間に入ろうとしたが、仁左衛門は強い目で睨んで退けた。

「あの駕籠は新調したばかりですから、この雨降りにはもったいなくて使えません」

帆布をかぶせた四つ手駕籠なら、うちの一挺と佐塚屋の二挺を出してもいい。佐塚屋とは、話はついている……堀田屋は、上目遣いに仁左衛門を見た。

「宝仙寺駕籠ぐらいなら、何挺でもわしが誂えてやる」

ぐずぐず言ってないで駕籠をここに連れてこいと、仁左衛門が声を荒らげた。

堀田屋の目元が、いやらしくゆるんだ。

三番番頭が、一段と大きな舌打ちをしたとき。強い雨を払いのけるようにして、合羽《カッパ》を着込んだ駕籠舁きが土間に入ってきた。

「日本橋の大和屋でございますが、田代屋様御一行様をお迎えにあがりました」

天候の急変を案じた田代屋は、江戸で一番といわれる大和屋の駕籠を差し向けてきた。

仁左衛門の面子《メンツ》は丸潰れとなった。

「品性のいやしい駕籠宿なら、いっそのことないほうがいい」

堀田屋と佐塚屋の商いぶりに激怒した仁左衛門は、仲間内で一切、駕籠を使わないようにすることを申し合わせた。

「かならず冬木町にふさわしい駕籠宿を見つけるゆえ、しばしの間は辛抱してくだされ」

　十三夜の顚末を聞かされた材木商たちは、仁左衛門の申し出をその場で了とした。どの材木商も、二軒の駕籠宿の商いぶりには思うところを抱えていたからだ。

　冬木町で材木商を敵に回しては、商いは続けられない。文政六年の師走中ごろには、堀田屋も佐塚屋も夜逃げ同然の形で町を出る羽目になった。

「二軒を町から叩き出すきっかけになった十三夜から、丸一年目にあんたらと出会えたのは、八幡様のお引き合わせとしか思えない」

　利兵衛は菓子皿に残っていた、ようかんの片割れを口に運んだ。

　五ツどきの光が、客間に差し込んでいた。

四

　文政七年五月二十八日。

　この日の夜の両国橋周辺の川面は、花火見物の船で埋め尽くされた。

　木柾仁左衛門は蔵前の札差伊勢屋四郎左衛門《いせやしろうざえもん》の招きで、屋形船に乗っていた。

　蔵前と深川の大尽が、一杯の屋形船に乗り合わせていたのだ。

「あの船に乗っているふたりは、江戸でも図抜けた大尽らしい」

ふたりが同席しているといううわさを聞きつけて、のぞき見をしようとする船があとを絶たなかった。

伊勢屋は札差百九軒のなかでも、図抜けて身代が大きい。かつて寛政元（一七八九）年九月十六日の棄捐《きえん》令では、伊勢屋は実に八万両を超える武家への貸金を棒引きにされた。

それほどの大金を棒引きにされながらも、伊勢屋はただのひとりの奉公人にも暇を出すこともせず、難儀を乗り越えた。

他方の木柾は、材木置き場に常時数千両もの丸太を山積みしている材木商だ。

「あれだけの丸太を山積みにしておいて、火事に遭ったらどうするつもりだよ」

「そんときは本両替に預けてある蓄えで、もう一度新たに仕入れるだけさ」

丸太を野積みにしている木柾の豪気さが、冬木町住人の自慢だった。

そんな桁違いの大尽ふたりが、同じ屋形船に乗り合わせていた。

伊勢屋はこの年の秋から始める母屋改修の木材を、木柾から一手に仕入れることになっていた。

用いるのはすべて熊野杉で、新宮湊《しんぐうみなと》から木柾が江戸まで廻漕《かいそう》する段取りである。この夜の花火見物は、木柾に対する伊勢屋の感謝のあらわれだった。

かったからだ。

熊野杉三百本もの廻漕ができるのは、江戸の材木商のなかでも木柾のほかにはいな

花火は六ツ半（午後七時）に最初の一発が打ち上げられた。が、この夜の天気は気まぐれで、四半刻も経ぬうちに強い西風が吹き始めた。

風を追いかけるようにして雨もきた。

伊勢屋が仕立てていた屋形船は、柳橋でも一番の大手、ゑさ元である。飛び切り腕利きの船頭が、櫓と棹を握っていた。

腕がいいだけに、見切りも早かった。

「あいにくですが、今夜はこれでお開きということに」

船頭の申し出を、伊勢屋は受け入れた。船の玄人が危ないというのだ。素人は逆らわないほうがいいとのわきまえがあったからだ。

仁左衛門にも異存のあるはずもない。船は素早い動きで船宿に戻った。

当初の段取りより一刻（二時間）も早く船が戻ってきたのだ。ゑさ元の仲居たちは大慌てとなった。

雨も風も強いが、屋形船が出ていたのは船宿とは目と鼻の先である。まさかこんなに早く戻ってくるとは、仲居頭ですら思ってもいなかった。

が、駕籠手配り仲居のますみは、早手回しに宝仙寺駕籠を呼び寄せていた。吹く風

の強さから、木柾が深川に戻るには船ではなく、駕籠になると判じていたからだ。

「大した気働きだ」

仁左衛門はますみを褒めながら、駕籠に入った。その駕籠の前棒が利助だった。

当時の利助は二十八。身体中から威勢があふれ出していたが、駕籠舁きの静かなことに仁左衛門は驚いた。

先を急ぐのではなく、揺らさないことに気を配って駆けた。風雨ともに激しくなる一方だったが、仁左衛門は途中から居眠りをした。

それほどに駕籠は静かだった。

駕籠をおりるとき、仁左衛門は祝儀をはずむようにと利兵衛に指図をした。駕籠を返したあと、利兵衛は仁左衛門のもとに顔を出した。

「あれは心根のいい駕籠舁きです」

ひとの吟味にはからい利兵衛が、めずらしく褒めちぎった。

「駕籠舁きも大したものですが、あの駕籠を手配りした仲居も見事です」

利兵衛はまだ会ったこともないますみも褒めた。

「足下のわるいなかを、飛ばして駆けたらどんな不始末につながるかも分からない。速さよりも、お客様を無事に届けることにこころを砕いてくれと、仲居はきつく駕籠舁きに言い含めていたそうです」

駕籠舁きは、足の速さに命をかける稼業だ。ところがますみは、速さよりも安全を心がけろと利助に言い含めた。

足の速さが自慢の利助だったが、ますみの言い分をしっかりと受け入れていた。

「ことによると、あの駕籠舁きならと強く感じましたもので」

利助を褒める利兵衛に向かって、仁左衛門は短くうなずいた。

その後、利兵衛は利助の駕籠に乗りたいばかりに、何度もゑさ元をおとずれた。そしてますみの手配りで、利助が前棒を担ぐ駕籠に乗った。

晴れた日、雨の日と、天気を変えて乗った。いずれのときも、利兵衛は深い満足を覚えた。

その年の九月十三夜。利兵衛はますみに手配りを頼んで、冬木町まで空駕籠を呼び寄せた。もちろん利助が前棒を担ぐ駕籠だ。

「わざわざ呼び寄せてわるかったが、とにかく一献受けてもらいたい」

駕籠舁きふたりを座敷に招きあげて、仁左衛門みずから月見の酒の酌をした。

利助はなんら臆することなく、仁左衛門の酌を受けた。いささかも卑しさのない振舞いを見て、仁左衛門は断を下した。

「冬木町で駕籠宿を始めてもらいたい。開業の費えはすべてわたしが引き受ける。あんたには、この男と見込める駕籠舁きを集めてもらいたい」

仁左衛門が切り出した話を、利兵衛は祈るような思いで聞いていた。この日の昼間に富岡八幡宮に参詣し、なにとぞ話が成就しますようにと祈願していたからだ。

利助は引き受けるについて、ひとつだけ条件を出した。

「ゐさ元の仲居ますみと所帯を構えたうえで、あいつに客あしらいを任せたいんで……」

「願ってもないことだ」

仁左衛門は、ふたつ返事で受け入れた。

利兵衛が漏らした安堵の吐息は、仁左衛門に聞こえたほどに大きかった。

「善は急げだ、これからゐさ元の女将と談判をさせてもらおう」

ますみ身請けの談判に、仁左衛門当人が向かった。

はあん、ほう。はあん、ほう。

満月の蒼い光が地べたを照らすなか、利助が発する掛け声は、いつも以上に弾んでいた。

「今年の十三夜の月見の宴には、ぜひともおまいさんたちを夫婦で招きたいと、旦那様がおっしゃっておいでだ。かまわないね？」

利兵衛はふたりに問いかけた。

はあん、と利助。

ほう、とますみが続けた。

第十話　もみじ時雨

一

九月の中旬までは、まだ夏がどこかに居座っていたのかと思うほどに暑い日が残った。

が、季節は律儀者である。

出遅れ気味だった秋を、十月の上旬で一気に取り戻した。日を追うごとに、朝の冷えがきつくなった。

まねき通りの掃除は他町同様に、明け六ツ（午前六時）から始まった。

が、他町と大きく異なるのは、掃除をするのが商家の小僧ではないことだ。この通りに暮らす年配者たちが、毎朝竹ぼうきを手にして通りの掃除を受け持っていた。

朝の通り掃除をする年配者の身なりを見れば、季節は分かる。

桜が咲き始めると、冬場に羽織ってきた綿入れの厚みが薄くなった。

菖蒲の五月には半纏に替わり、梅雨明けのあとは薄物の着流しとなった。

そして八月十五日の富岡八幡宮例祭が終わると、また半纏を羽織って秋を迎える。

これが毎年の、掃除役の衣替えとなっていた。

ところが今年は九月に入っても、朝の掃除に半纏を着ている年配者は数少なかった。

「半纏を羽織るよりは、薄物着流しが楽だからねえ」

朝の通りで、だれもが言い交わした。

しかし十月上旬になると、一日ごとに朝の冷え方がきつくなった。そして十月の十日過ぎからは、秋が深まるというよりも、冬のおとずれを感ずるような朝を迎え始めた。

「今年の季節というものは、いったいどんな移ろい方をしようという気なのか」

うさぎやの徳兵衛は、竹ぼうきを手にしたまま空を見上げた。藍色の空は、底なし沼を思わせるほどに奥深くまで晴れていた。

「九月まで夏が居座っていたかと思うと、一足飛びに冬が近づいてくるという始末じゃないですか」

「まったく、あんたの言う通りだ」

徳兵衛に相槌を打ったのは、瀬戸物屋『せとや』の隠居、徳右衛門《とくえもん》である。来年で古稀を迎える徳右衛門は、まねき通り一の年長者だ。

「いきなりここまで冷え込まれては、弁天池のもみじもどの色味を出そうかと、戸惑っているに違いない」

徳右衛門の言い分に、徳兵衛は竹ぼうきを強く握ってうなずいた。

うさぎやとせとやは、まねき弁天を挟んで隣同士の間柄だ。そしてうさぎやあるじの徳兵衛と、せとや隠居の徳右衛門は、同じ徳の字で名が始まっている。

徳右衛門のほうが徳兵衛より一回りも年長で、ふたりともまねき通りではうるさ型の年寄りで通っていた。

そんなふたりだが干支《えと》が同じということもあり、すこぶるうまがあった。

とはいえ徳兵衛といえども、徳右衛門に対する物言いにも仕草にも、年長者に対する敬いがあった。

「ここまで朝の冷え込みがきつくなっては、わしのやせ我慢も限りというもんだ」

明日の朝からは、薄手の綿入れを羽織ろうと思う……徳右衛門は綿入れに袖を通す身振りを示した。

「徳右衛門さんがそうしてくだされば、わしも誰はばかることなく綿入れに袖通しができます」

徳兵衛は正味の喜びを浮かべた。

　毎年、徳右衛門が綿入れに袖を通すのは、弁天池のもみじが色づいたあとというのが、まねき通りの決めごとになっていた。

　まねき弁天の社の裏側には、周囲およそ二町（約二百十八メートル）の池があった。その池を取り囲むように、五十本のもみじが植わっていた。

　秋が深まり、朝夕の冷え込みがきつくなるともみじの色づきは見頃となる。晴れた日は、弁天池にもみじが映り込んで、見事な眺めを見せてくれた。

　池の周りにもみじを植えたのは、木場材木商の旦那衆である。

「冬木町のお大尽は、やることの桁が違う。春の花見も秋のもみじ見物も、どっちも町内で済ませるてえんだ」

「それもチビた箱庭じゃねえ。桜ももみじも、並木で群れになってるてえんだ」

　冬木町の住人は、ことあるごとに町内自慢をやる。弁天池のもみじ五十本も、自慢のひとつになっていた。

　今年は九月の日中暑い日が続き、十月一日を迎えたあとももみじは緑葉のままだった。

「こんな調子で、十月十五日からのもみじ祭は大丈夫かなあ」

　まねき通り商家が気を揉んだ。

　十五日からの十日間、まねき通りには多くのもみじ見物客が押し寄せる。商いにも絶好の折りということで、毎年、それぞれの店が売り出しに趣向を凝らした。

肝心のもみじが緑葉なのを見て、商家は案じ顔を拵えていたのだが……。

帳尻合わせに励むかのように、十月十日から冷え込みが激しくなった。十月十三日のいまでは、もみじも鮮やかに色づいていた。

「あの夫婦というものは、遠目に見ても見間違えることはないね」

徳右衛門は竹ぼうきの柄を、まねき弁天の境内に向けた。

履き物屋『むかでや』当主の藤三郎《とうさぶろう》と内儀のおみねが、境内奥の弁天池に向かっていた。

五尺三寸（約百六十一センチ）の藤三郎よりも、おみねのほうが三寸も背が高い。

五尺六寸（約百七十センチ）のおみねは、まねき通り一の女偉丈夫だった。

が、明るい気性で客あしらいがよく、客にはすこぶる評判がいい。

「むかでやさんは、職人の技量のよさもさることながら、ご内儀でもっているも同然だ」

徳右衛門も、おみねは大のお気に入りである。遠目にも見間違えることがないという言い方は、ノミの夫婦と揶揄《やゆ》するのではなく、おみねへの親しみが強くにじんでいた。

「池の周りを歩きながら、売り出しの趣向でも思案する気かもしれませんなあ」

ひとの吟味が辛口で通っている徳兵衛も、愛想のいい受け答えをした。

斜めの空から差してきた朝の光が、おみねの帯を照らしている。帯のおたいこの真ん中には、大きなもみじが描かれていた。

二

むかでやは、藤三郎の父親が創業した履き物屋である。

おみねはいまから十七年前の文政二（一八一九）年五月、二十歳の初夏に本所から嫁いできた。

おみねの父親葦時郎《よしじろう》は、鼻緒造りの職人だった。何度も藤三郎は本所をおとずれて、葦時郎と鼻緒造りの商談を進めた。

「むかでやの若旦那は、まだ二十代の半ばだてえのに、じつに鼻緒のことを分かっている」

すっかり気に入った葦時郎は、藤三郎がたずねてくるたびに、おみねに茶菓の支度を言いつけた。

文化から文政へと改元された四月下旬のことで、本所にも薫風が吹き渡っていた。

当時のおみねは十九歳。気立ても器量もいい娘にもかかわらず、周りからは「いかず小母《おば》」になりはしないかと案じられていた。

わけはただひとつ。背丈が五尺六寸もあったからだ。

並の男では、目一杯に髷を高く結ってもおみねの肩ほどしか背丈がない。

「すこぶる気立てのいい娘だがよう。わきに並びてえという男がいねえんだ」

町内の職人たちは、おみねの上背の高さに気後れしていた。

「つまらねえうわさを気に病むんじゃねえ。おめえにお似合いの男は、おれがかならず見つけてやる」

葦時郎がこう言い切ると、おみねは十九になっても嬉しそうにほほえんだ。心底、父親を信じていたからだ。

そんな葦時郎が、藤三郎を気に入った。

上背はおみねよりも低いが、葦時郎はまるで気にもとめなかった。それほどに、藤三郎の人柄に父親は惹かれていた。

さりとて、あからさまに娘との縁談をほのめかしたりはしない。葦時郎がしたのは、念入りに鼻緒を拵えたのと、おみねに茶菓の支度を言いつけたことだった。

藤三郎の本所通いが始まって十カ月が過ぎた、文政二年二月の八ツ（午後二時）下がり。

赤筋の入った厚手のかしら半纏を羽織った冬木町の鳶が、葦時郎の宿をおとずれた。

「むかでやの若旦那が、ぜひともこちらさんのお嬢を嫁にいただきてえと……」

町内鳶のかしらを仲人に立てるという、本寸法の申し出である。筋を重んずる葦時郎は、顔をわずかにほころばせた。

「願ってもねえ縁談でやす」

良縁に拙速なし。

祝言の日取りまで、両日のうちにすべてまとまった。

むかでやを興した藤三郎の父親は祝言の六年後、文政八年に没した。

母親はその三年後、文政十一年の秋に病没。藤三郎の両親とも、息子と嫁に看取られての旅立ちとなった。

「孫の顔が見られなかったことが、たったひとつの思い残しですよ」

嫁に手を握られた姑は、これを言い残して目を瞑った。

藤三郎とおみねの夫婦仲は、まねき通りでも評判が立つほど、すこぶるいい。

大きな身体のおみねは、いささかも骨惜しみをしなかった。

店で商う履き物には、こどもの駒下駄から料理人が履く足駄、辰巳芸者衆が好む高下駄まで、すべてに通じていた。

「この鼻緒のほうが、ずっとよくお似合いですよ」

葦時郎の仕事を見て育ったおみねは、ことのほか鼻緒選びには明るい。似合うと判ずれば、客がほしいという鼻緒よりも、あえて安値の品を勧めたりもした。

「むかでやさんのご内儀に任せておけば、履き物で迷うことはないから」

おみねの評判を聞きつけて、わざわざ仲町から下駄や鼻緒を買いにくる客も多くいた。

職人への目配りも気配りも、おみねに抜かりはなかった。

「むかでやさんの職人は、だれもが本当に居着きがいい」

「おみねさんあってこその、むかでやさんだわねえ」

おみねをわるく言う声は皆無だった。

傍目《はため》にはこのうえなく幸せそうに見える藤三郎とおみねだが、当人たちは人知れぬ悩みを抱え持っていた。

藤三郎は今年が四十二歳の本厄である。

今年を息災に乗り越えれば、あとは大丈夫だからと、夫婦は今年の正月から常に言い交わしていた。

諸事に気を遣い、大事に至らぬように細かなことにまで気を払って過ごしてきた。

ところが残るところ十一月、十二月の二カ月といういまになって、ひとには言えない大ごとが持ち上がっていた。

おみねのおなかには、祝言から十八年目にして、初の子宝が授かっていた。

なによりの慶事だが、おみねはすでに三十七だ。世間体《てい》を考えると、とてもひとには明かせない……夫婦で同じことを思っていた。

朝の弁天池のほとりを、おみねがゆっくりと歩いている。

連れ合いをいたわるようにして、藤三郎が従っていた。

赤味の強い朝の光が、池にも届き始めている。朝日を浴びたもみじが、ひときわ葉の色味を赤く際立たせていた。

三

弁天池の周りには、幾つも大きな岩が配されていた。散策する者が、腰掛け代わりに座ることのできる岩である。

なかでも亀の甲羅に似た『夫婦亀岩』は、おとなふたりが並んで座れることで、もみじの見物客にも人気があった。

真っ青に晴れた空の低いところから、朝の光が夫婦亀岩に届いていた。が、早朝ゆえに、まだぬくもってはいなかった。

それでも朝日の当たっている岩は、見るからに暖かそうである。

「そこに腰をおろして、休もうじゃないか」

藤三郎は、光の当たっている岩を指さした。

「まだ歩き始めたばかりですから」

振り返ったおみねは、藤三郎に微笑《ほほえ》みかけた。身体を気遣ってくれる夫の気持ちが嬉しかったからだ。

「そう言いなさんな、無理は禁物だ」

藤三郎から強い口調で勧められて、おみねは微笑みを顔に残したまま岩に座った。

藤三郎はおみねの脇に立ち、池を見た。

大柄なおみねが岩に座ったことで、藤三郎のほうが高くなった。

わずかな風を浴びただけで、五十本のもみじは一斉に枝を揺らす。

さわさわさわっ。

軽やかな音を立てて、もみじが揺れた。

水面に映っているもみじも揺れた。

「朝方に見るもみじが、これほどにきれいだとは思わなかった」

亀岩に座った藤三郎は、池の映り込みに見とれていた。

「おまえの身体に無理がかからない限り、晴れた朝はこうしてもみじ見物を楽しもうじゃないか」

「はい」

おみねが声を弾ませて短い返事をしたところに、徳兵衛と徳右衛門が寄ってきた。

ふたりとも、手には竹ぼうきを持ったままだった。

「朝からふたり連れとは、まことに仲睦まじくてよろしい」

徳右衛門は、正味で藤三郎とおみねの仲の良さを称えた。恥ずかしそうにうつむいたおみねが、不意に口元に手をあてた。

強い吐き気に襲われたらしい。

「どうした、おみね」

徳右衛門と徳兵衛がすぐ脇に立っていることにも構わず、藤三郎はおみねの肩に手をあてた。

「心地わるければ、構うことはない。とりあえず、この場に」

吐きなさいと言いかけた口を、途中で止めた。町内のうるさ型ふたりがいることに、いま思いが行き当たったようだ。

徳兵衛と徳右衛門は、わけあり顔を見交わした。

長らく生きてきたふたりはうるさ型ではあっても、人柄は練れている。おみねと藤三郎の様子を見るなり、おなかにこどもを宿していると察した。

「うっ、うん」

大きな咳払いをひとつくれた徳右衛門は、池端のもみじに目を移した。徳兵衛は竹ぼうきを左手に持ち替えて、徳右衛門のわきに並んだ。

「もみじを見ていて思い出したんだが」

徳右衛門は、わきに立っている徳兵衛に顔を向けた。

「ゑり元のこのみさんは、今月が産み月じゃなかったかね」

「そうでしたなあ」

徳兵衛が調子を合わせた。

「三人目だから今度こそ男の子がほしいと、大三郎さんは娘ふたりと一緒に、弁天様にほぼ毎日、お願いをしているそうです」

「それはいい」

ほうきの柄の先を両手で持った徳右衛門は、一段、声の調子を高くした。

三日ごとに常磐津《ときわず》の稽古に通っている徳右衛門である。歳を重ねていても、声の響きはすこぶるよかった。

「この町内にこどもが増えるのは、なによりもめでたい」

「そのことです」

応じた徳兵衛は、宗八店に住むおよしは深川でも腕のいい産婆で知られていることを明かした。

「およしさんは口のかたい婆さんです。どんな相談ごとにも、親身になって応じてくれると評判ですから」

「それもまた、いい話を聞かせてもらった」

阿吽《あうん》の息遣いで応じた徳右衛門は、夫婦亀岩のほうに振り返った。徳兵衛もそうした。

岩に座ったままの藤三郎とおみねは、年寄りふたりの話に聞き耳を立てていた。

「まねき通りにこどもが増えれば」

徳右衛門はもう一度、徳兵衛に目を戻した。

「あんたのうさぎやも、ますます繁盛するだろうさ」

徳右衛門は徳兵衛を茶化して、話を締めくくった。

池端のもみじが、嬉しそうに枝を揺らした。

四

天保七年十月十五日、明け六ツ。

まねき通りのもみじ祭初日は、空の青さが一段と深い晴天で明けた。

オギャア、オギャアッ。

真上の空には、まだ暗がりが残っているまねき通りに、すこぶる元気な産声が。

「今朝だったのか」

「あの声なら、きっと……」

竹ぼうきを手にした徳兵衛と徳右衛門が、言葉を交わし始めたとき。

「やりましたあ」

ゑり元から飛び出した大三郎は、右腕を突き上げて徳兵衛たちに駆け寄った。

「生まれたか」

徳右衛門の声がすこぶる弾んでいた。

「はいっ」

「男の子か？」

徳兵衛が問いを重ねた。

「はいっ」

問うた徳兵衛も答える大三郎も、ともに心底からの笑みを顔に張りつけていた。

「もみじ祭の初日に男の子を産んでくれるとは、このみさんも大手柄じゃないか」

滅多なことではひとを褒めない徳右衛門が、今朝は手放しである。大三郎は深々と徳右衛門たちにあたまを下げた。

身体を二つに折り曲げた辞儀の深さに、大三郎の喜びのほどがあらわれていた。

「これからおかめのおさきさんと、ひさごのおまきさんにお願いして、内祝いの赤飯を拵えてもらいます」

「それはなによりめでたいことだ」

徳右衛門は大きくうなずいて、大三郎の思案をよしとした。

「幸いなことに、今日からもみじ祭だ。今朝はひさごのおまきさんも、早起きをしているだろうさ」

徳兵衛はまねき通り西の入り口に目を向けた。夜の遅い商いのひさごだが、徳兵衛の言った通り今朝はすでに目覚めていた。

「それでは、すぐにも頼んで参ります」

大三郎が駆け出すと、泣き声が一段と大きくなった。おかめに向かって駆けていた大三郎は、我慢できずにゑり元に飛び込んだ。

泣き声がさらに大きくなった。

「男の子の威勢のいい泣き声は、なんべん聞いてもいいもんだ」

「まったくです」

答えたあとで、徳兵衛はふっと顔つきをあらためた。

「どうかしたかね？」

「たったいま、思いついたことですが」

徳兵衛は徳右衛門の耳元で、ぼそぼそ声でささやいた。

「それは見事な思案じゃないか。いますぐ、うお活さんと掛け合おう」

年寄りふたりは、うお活へと足を急がせた。徳兵衛はいたずら小僧のように、竹ぼうきを振り回していた。


もみじ祭の見物客は、四ツ（午前十時）の鐘とともに群れをなして押し寄せてきた。うお活はまねき弁天の向かい側で商いをしている。弁天池に向かっている見物客の足が、うお活の前で止まった。

強い湯気を噴き出す蒸籠《せいろ》が五段、店先に出された大釜に載っていた。

「もみじ祭のお祝い餅搗きが始まるよう」

鉢巻き・半纏姿の時次が、餅搗き始まりの口上を大声で触れた。長い柄の杵《きね》は、うお活当主の活太郎と、店の若い衆が手にしていた。

「弁天様にお願いして、安産祈願をしてもらったありがたい餅米だ。ひと口頬張ると、丈夫な子が授かること請け合いだよおお」

時次の口上で、見物客がどっと沸いた。

一番臼《うす》は、活太郎が気持ちをこめて搗き上げた。搗き上がった餅は徳兵衛の女房おきんが形よく丸めて、小さな丸餅を拵えた。

二十一の丸餅が仕上がると、七つずつを三つの三宝に載せた。

「弁天様のほうは頼んだよ」

「がってんでさ」

ふたつの三宝は、活太郎と女房がまねき弁天に供えとして差し出した。

残るひとつの三宝は、徳右衛門と徳兵衛がむかでやに届けた。

「子宝に多く恵まれたうお活の活太郎さんが、みずから杵を持って搗いた祝い餅です」

七つを夫婦で平らげれば、おなかの子が丈夫に産み月を迎えること、間違いなし。

徳兵衛は、まるで縁日のてきやのような口調で、祝い口上を伝えた。

藤三郎とおみねの両目が、潤みで膨らんだ。

餅搗きはまだまだ続いている。威勢のいい音が、うお活の店先から流れてきた。

杵の音に合わせて、もみじの枝が揺れた。

サワサワサワ……。

時雨《しぐれ》のような葉ずれが立った。

第十一話　牡丹餅

一

冬木町の雨具屋は、まねき通りにある『村上屋《むらかみや》』一軒だけである。

冬木町の住人は商家の家族と奉公人、裏店の店子、それに材木商の職人に奉公人まで加えれば、千人に届くほどの人数だ。

それだけの住人が暮らす町なら、たいてい雨具屋は少なくても三軒はあった。

住人三百人がいれば、江戸では一軒の雨具屋の商いが成り立つといわれるからだ。

ところが冬木町には、村上屋のほかには一軒もなかった。町に暮らす人数は多くても、傘や高下駄などの雨具を買う者は、それほど多くなかった。

『新しい蓑《みの》が入りました』

仙台堀に面した蓑屋（屋号も美濃《みの》屋）が、川並や材木運びの仲仕に蓑笠を商っていた。

村上屋が扱う雨具を買う人数は、町の住人の半分ぐらいである。

「傘なら、まねき通りの村上屋さんに行ってください。あちらなら、いい雨具が揃っていますから」

「あいにく蓑笠はうちにはありませんが、材木置き場わきの美濃屋さんなら、寸法も数多く取り揃えているはずです」

他町の雨具屋なら、傘も蓑笠も同じ店で商っているのが常である。しかし冬木町では、美濃屋と村上屋が、互いに客を融通しあって商いを続けていた。

客をひとりじめせず、融通し合うというのは、冬木町の材木商の慣わしである。この町の商家は、いずこも材木商の慣わしを商いの姿勢に取り込んでいた。

なにごともお互いさま。

まねき通りの商家には、この心意気が横たわっている。ゆえに十月のもみじ祭や、三月の弁天様ひな祭なども、まねき通りをあげて盛大に催すことができた。

雨具屋のあるじ村上屋佐次郎《さじろう》も、ものごとの筋道を大事にする男だ。まねき通りの寄合にも欠かさず顔を出し、骨惜しみはしない。

さりとて、人当たりがよくて温厚ということでもなかった。むしろむずかしいところが幾つもある、偏屈に近い気性の持ち主だ。

まねき通りの寄合や行事に骨惜しみをしないのは、偏屈ゆえの見栄があったからだ。

ひとに後ろ指はさされたくない。

この思いが、佐次郎の振舞いの源にあった。

今年で五十一の佐次郎には、四歳年下の女房かねと、すでに職人のもとに嫁いで長い娘がひとりいる。

二十五年前に誕生した娘に名付けたときにも、佐次郎の気性がはっきりとあらわれた。

「娘の名前はひよりにする」

かねにはひとことの相談もせずに、こう名付けた。

「雨具屋の娘が、ひよりかね」

客のなかには、そう言って囃し立てる者も少なくなかったのだが。

「雨具屋だからこそ、ひよりにした」

佐次郎の名付けに、相談もされなかったかねは、笑顔でうなずき返した。

雨具屋だから、雨降りばかりを望んでいると、ひとに思われたくないのよね……。

連れ合いの気性を、だれよりも呑み込んだのはかねだった。

娘は八年前に、傘張り職人に嫁いだ。この縁談のときも、佐次郎はやせ我慢を通した。

傘張りの腕は滅法にいいが、なにしろひとり娘である。できれば婿取りをして村上屋を継がせたかったのだが、ひとこともそれは口にしなかった。

しかも職人の名は晴次郎《せいじろう》。

「雨具屋の祝言が晴次郎とひよりじゃあ、できすぎた話だぜ」

こう揶揄しながらも、ひとの声にはぬくもりがあった。

祝言の翌年に、ひよりは長女を授かった。

「どんな名前をつけるのか、楽しみだぜ」

冬木町の住人の期待に応えたというべきか。晴次郎とひよりが名付けたのは、てるみ。

「さすがは佐次郎さんの娘だ」

「どこまでも筋が通ってるってか」

声高に囃す声が、まねき通りを行き交った。

天保七年十一月八日、丁亥《ひのとい》の日。夜明けから晴れた空を、佐次郎は屈託顔で見上げた。

十月下旬から、すでに十五日もの間、一滴の雨も降ってはいない。しかし佐次郎の顔が曇っているのは、晴れ続きだからということではなかった。

十一月は酉《とり》の市の月である。

今年は二日前の六日が乙酉《きのととり》だった。今年の十一月は三十日まであり、十八日が丁酉《ひのととり》で、三十日が己酉《つちのととり》だ。

三の酉まである年は、火事が多いという。

その言い伝えをなぞるかのように、晴れの日が続いていた。

ふうっ。

佐次郎は空を見上げたまま、小さなため息をついた。

二

十月最初の亥の日には、玄猪《げんちょ》の祝いが催された。今年は十月一日が辛亥《かのとい》で、玄猪の日となった。

江戸の町人はこの日の亥の刻（午後九時から十一時の間）に牡丹餅《ぼたもち》を食べて、無病息災を願った。

玄猪の祝いは、町民よりも武家のほうが大事にした。脇目もふらずに突き進む猪の勇猛さを、武家は高く評価していたからだ。

玄猪の日には、大名諸家は暮れ六ツ（午後六時）に江戸城に登城した。日暮れたあとの登城に備えて、御城大手門外と桜田門外では、大篝火《かがりび》が焚かれた。

赤松の薪を二束（約四十本）まるごと焚く、巨大な篝が、御門の片側に七基ずつ配置された大篝火である。

燃え立つ炎は、籠から五丈（約十五メートル）の高さの闇をも切り裂いた。

登城した大名には、城内で搗いた紅白の餅が下賜された。

大名上屋敷においては、御城同様に玄猪祝いの紅白餅を搗き、家臣に配った。

武家は紅白餅で、町人は牡丹餅。

口にした餅は異なった。しかし餅を食べて武家は武運長久を願い、町人は無病息災を祈願した。ともに餅という食べ物が持つ粘り強さ、力強さを大事にしたのだ。

玄猪の日は、町人の『炬燵《こたつ》開きの日』でもあった。

「若いつもりでいても、寒さにはめっきり弱くなった」

「五十を超えたら、コタツのぬくもりがなによりのごちそうだよ」

この日からコタツも火鉢も、だれに気兼ねすることなしに使えた。

こどもには一年に一度、あんこがたっぷりかぶさった牡丹餅を食べられる日。

年配者には、大いばりでコタツや火鉢を使い初めできる日。

それが玄猪の日だった。

しかし今年の十月一日は、日だまりにいると肌に汗が浮かぶほどに暖かだった。

「こんなにぬるい玄猪の日など、まっぴら御免だ」

十月一日の八ツ（午後二時）前。佐次郎はかねに向かって、険しい顔で言い放った。

「今年のうちの玄猪祝いは、十一月に繰り延べする」

「分かりました」

かねは穏やかな物言いで応じた。

ひとたび言い出したことを佐次郎が引っ込めないことを、かねは身体の芯で分かっていたからだ。

「こども（丁稚小僧）は今日の牡丹餅を楽しみにしていますし、仲町の伊勢屋さんには入り用な数を頼んでありますから」

亥の刻ではなく、八ツのお茶菓子として牡丹餅は供します……かねが口にしたことまでは、佐次郎も止めなかった。

十月五日を過ぎても、一向に寒くなる気配はなかった。

「こんな調子じゃあ、今年のもみじ祭は緑葉を見せることになりそうだ」

朝のまねき弁天前を掃き清めながら、徳右衛門と徳兵衛は真顔でぬるさを案じた。

佐次郎は通りの掃除に加わってはいなかったが、自宅の小さな庭を見詰めながら徳右衛門たちと同じような案じ顔を見せた。

顔が曇っていたのみならず、丁稚小僧が近くにいないのを見定めたあとは、ふうっとため息をついた。

とはいえ、ため息は朝夕のぬるさを嫌ったからではない。

空が底なしに高くなる十月は、晴天が多くなる。今年はとりわけ晴れが続いているがゆえのため息だった。

ところがもみじ祭を数日後に控えたころから、いきなり寒さが押し寄せてきた。

「もう少し、加減というものができないのかね」

不意に寒くなったことに口を尖らせた徳右衛門だが、目の奥は嬉しそうだった。

もみじ祭の数日前から十一月八日までのほぼひと月、佐次郎は長い長いやせ我慢を強いられる羽目になった。

「ようやく、コタツと火鉢が役に立つようになったじゃないか」

「秋と冬とが入れ替わる時季の火鉢は、ぬくもりも格別の味わいです」

年寄り衆が交わすあいさつを通りで耳にするたびに、佐次郎は足取りを早めた。村上屋のコタツは、まだ納戸の奥に仕舞い込まれていたからだ。

座敷を行き来しながら、佐次郎はひっきりなしに手をこすり合わせた。

連れ合いのそんな姿を見ても、かねは知らぬ顔を続けた。そのかたわら、水仕事を続けたあとでも、かねはへっついの火に手をかざそうとはしなかった。

佐次郎に付き合っていたのだ。

十一月八日も、朝から晴れた。一段と冷え込みがきつい朝となった。

「今日は炬燵開きですね」

かねが話しかけても、佐次郎はしかつめ顔で空を見上げた。

口元に手をあてて、くすっと笑いを漏らしたあとで、かねは納戸から火鉢を取り出した。

コタツに使う炭は、昨日のうちに野島屋の小僧が納めにきた。野島屋は米だけではなく、薪炭も扱っていた。

火鉢の支度が調ったのは、永代寺から五ツ（午前八時）の鐘が流れてきたときだ。

「おまちどおさまでした」

かねに火鉢を指し示された佐次郎は、渋い顔のまま手をかざした。どれほど渋面を拵えてはいても、背中は嬉しそうに揺れていた。

「いまから定吉《さだきち》を連れて行きますが、いいですね？」

問われた佐次郎は、うむっと答えた。

ひと月遅れの玄猪祝いのために、かねは仲町の伊勢屋に牡丹餅を三十個注文していた。昼過ぎには、娘のひよりが孫のてるみと一緒に遊びにくる。

今日の牡丹餅も夜の亥の刻ではなく、八ツの茶菓子とする段取りだ。ひよりとてるみは、その八ツに合わせて遊びにくるのだ。

「それでは、行ってまいります」

かねは定吉を供につれて、仲町へ出かけた。

ふたりが出て四半刻（三十分）も経たぬころ、仲町の方角から半鐘が聞こえてきた。

カンカンカン、カンカンカン。

高さ六丈（約十八メートル）ある仲町の辻の火の見やぐらが、三連打を打っている。

仲町に呼応するかのように、まねき通りの火の見やぐらも半鐘を叩き始めた。

火鉢を離れた佐次郎の顔色が変わっていた。

三

まねき通り東端の火の見やぐらは、高さはさほどでもない。どこの町内にもある造りで、二丈半（約七・五メートル）を下回るぐらいの高さだ。

しかし吊り下げられている鐘は、江戸でも一番の鐘屋といわれる鐘善《かねぜん》の誂えである。

他町の鐘とは、響きのよさは比べものにならなかった。

「冬木町の半鐘なら、汐見橋《しおみばし》に立っていても聞きとることができるぜ」

冬木町に暮らす職人が胸を張ったら、同じ裏店に暮らす車力《しゃりき》が鼻先で嗤った。

「汐見橋どころじゃねえ」

車力は羽織っていた半纏の袖を、力をこめて引っ張った。車力の仲間内では、自慢話をするとき半纏の袖を強く引っぱるのが流行《はや》っていた。

「おれはもう先、洲崎弁天にいたときだって、まねき橋の半鐘と他町の半鐘とを聞き分けができたぜ」

まねき橋と洲崎弁天とは、半里（約二キロ）近くも離れている。車力が自慢した通り、まねき橋の半鐘の音は、半里の隔たりがあっても他の鐘との聞き分けができた。

火の見やぐらは、普請の費えに限りをつけないと豪語したところで、勝手に高くはできない。

町内の火の見やぐらは高さ二丈半まで。

公儀は町触れでこれを定めていた。冬木町といえども、二丈半以内という定めには従わざるを得なかった。

半鐘の拵えには限りがない。

大きさも響きも、町ごとの勝手次第である。

とはいえ高さ二丈半のやぐらに吊せる鐘は、おのずと大きさにも重さにも限りがあった。大き過ぎても重すぎても、吊り下げがむずかしくなるからだ。

ゆえに各町とも響きのよさを競い合った。

なにごとによらず、他町には負けたくない冬木町である。火の見やぐら建造の費えを、一手に受け持つ材木商の当主たちは……。

「大事を告げてくれる半鐘だ」

「まさにその通り。鐘は大事だ」

「拵えるなら、江戸で一番の響きとしよう」

衆議一決、鐘善に誂えを頼んだ。

それほどに響きのいい半鐘を、鐘打ち当番の金太郎は力任せに叩いた。

材木置き場で働く川並も仲仕も、半鐘の響きには耳ざとい。

カン、カン、カン……。

仲町のやぐらを追ってまねき橋の火の見やぐらが三連打を叩くなり、真っ先に川並衆がやぐら下まで駆けつけてきた。

「火元はどっちでえ」

「風向きは？」

川並衆が大声で問いかけた。

「大川の西側で煙が上がってるが、風の強さはてえしたことはねえし、西風だ」

この火事なら心配はないと、当番の金太郎は無事を請け合った。その見当を支えるかのように、仲町の火の見やぐらも半鐘を叩くのやめた。

「仲町の鐘も黙ったぜ」

仙台堀を渡って駆けつけてきた川並衆は、安堵の声を交わした。

まねき通りに静けさが戻った。

半鐘が鳴り止《や》んで四半刻（三十分）以上も過ぎたころに、晴次郎・ひより・てるみの一家三人がまねき橋を渡ってきた。

渡るというよりは、駆け足に近かった。

「すみませんが」

やぐらの下からひよりが呼びかけた。

樫《かし》の木槌を手にしたまま、金太郎が下を見た。鐘善の半鐘は鉄槌ではなく、木槌で打つのが決まりとなっていた。

「なんでえ、ひよりさんじゃねえか」

嫁ぐ前のひよりも、嫁いだあとのひよりも知っている金太郎だ。親しさを両目に浮かべて答えた。

「こんにちはああ」

ひよりのわきから、てるみはこどもならではの甲高い声であいさつした。

てるみは金太郎を知らない。しかしひとと出会ったときはあいさつをするようにと、両親にしつけられていた。

「威勢がいいじゃねえか」

金太郎は身を乗り出しててるみを見た。

「器量よしに加えてその愛想のよさがありゃあ、あと十年もしねえうちに引っ張りだこになるぜ」

金太郎の言葉に、てるみははにかんだ。

「さっきの火事は、もう大丈夫なんで？」

問いかけたのは晴次郎である。

海辺大工町まで、まねき橋からおよそ十町（約一・一キロ）だ。が、まねき橋の半鐘は、晴次郎の宿にいてもはっきりと聞き取れた。

もともとひよりとてるみは、今日の午後から遊びにくる段取りだった。ひと月遅れの炬燵開きを祝い、牡丹餅を一緒に食べるためである。

半鐘が鳴ったことで、晴次郎も一緒に駆けつけてきたのだ。

「火元は大川の西側だったが」

金太郎は大川の向こうに目をやった。火はすっかり湿っていた。

「いまはもう平気ですぜ」

金太郎の声は明るい。火事の湿りを喜んでいるのだ。

「ありがとうございました」

ひよりがやぐら上の金太郎に礼を言った。

てるみは小さなあたまをちょこんと下げた。

やぐらの上から、金太郎は手を振ってこどもに応えた。

四

「ごめんください」

村上屋の店先で、ひよりがおとないの声を入れた。店番の小僧が、どこにも見あたらなかったからだ。

店に出てきた手代は、ひよりの後ろに晴次郎が立っているのを見て驚いた。

ひよりとてるみが、月遅れの玄猪祝いにやってくることは聞かされていた。

しかし顔を出すのは、いつもの年にならい八ツ下がりだと思っていた。

一刻（二時間）以上も早かったし、そのうえ晴次郎まで一緒である。そのことに手代は驚いたのだ。

「お待《ま》ちください。ただいま、旦那様に」

奥に引っ込んだ手代は、そのまま戻ってこなかった。代わりにあるじの佐次郎が顔を出した。

「いったい、なにごとだ？」

佐次郎の顔には、本気の驚きの色が浮かんでいた。

もちろん佐次郎は、ひよりとてるみが炬燵開きに顔を出すのは分かっていた。が、つい先刻の手代同様に、晴次郎まで一緒なのには正味で驚いたのだろう。

「じいじ、こんにちは」

てるみがちょこんとあたまを下げた。

佐次郎は返事をせず、懸命に渋い顔を保っていた。

人なつっこさが自慢のてるみだが、佐次郎に駆け寄ることができずにいた。あまりに祖父の顔つきが渋かったからだ。

ひよりと晴次郎も戸惑い顔でいるところに、小僧を連れたかねが戻ってきた。

「ばあばが帰ってきたあ」

目敏《めざと》く見つけたてるみは、かねのほうに駆け寄った。店先の気配が一気にゆるんだ。

佐次郎さえも、肩から力を抜いていた。

かねはてるみに片手を握られたまま、娘夫婦に近寄った。

晴次郎は辞儀で姑にあいさつをした。

「晴次郎さんまで来てくれたのですか」

かねが声を弾ませた。

「まねき橋の半鐘が鳴ったもんですから、慌てて駆けつけやしたが、ここの通りも冬木町もなんでもなかったようで」

「そんなことだったのか」

晴次郎が言葉を句切ると、佐次郎は声の調子を一段と渋くした。

かねは佐次郎をたしなめるように見詰めてから、晴次郎に向き直った。

「わざわざきてくだすって……仕事の手をとめさせてしまいましたねえ」

かねの物言いには、親身の情がこもっている。晴次郎はてれくさそうに、はにかんだ。

「昨日で大きな誂えが片づいたものだから、今日はうちのひとも、割に気持ちがのんびりしていたの」

ひよりが口添えをすると、晴次郎はかねに向かって何度もうなずいた。

腕のいい職人に、上手な口はいらない。

これは佐次郎の口ぐせである。娘の連れ合いは、まさに佐次郎の言い分を地でいく男だ。

それなのに佐次郎は……。

「いくらなんでも、晴次郎には愛想というものがなさすぎる」

かねを相手にぼやくことしきりだった。

「今年の炬燵開きには、晴次郎さんも加わってくださるのよね？」

「へいっ」

歯切れのいい返事が店先に響いた。

客間の真ん中には、掘り炬燵が設えられている。畳をどけて炬燵を拵えるのは、当主佐次郎の役目である。

かねと小僧が仲町まで出張っていた間に、炬燵はすっかり調えられていた。

炭団《たどん》の火熾《ひおこ》しも当主みずから行うのが、この家の決めごとだ。

不意に鳴り始めたまねき橋の半鐘で、火熾しの手はしばらく止まっていた。ゆえに炭団は炬燵の底にいけられてはいたが、まだぬくもりは充分に行き渡ってはいなかった。

「じいじのとなりがいい」

佐次郎のわきで炬燵に足を差し入れたてるみは、ぬるい炬燵をいぶかしく思ったのだろう。布団をめくって炬燵の底を見た。

「そんなことをしたら、せっかくのぬくもりが逃げるだろうが」

孫の振舞いをたしなめた佐次郎は、流し場に向かった。

かねは土瓶に湯を注ぎ終わっていた。

牡丹餅を二個ずつ盛った銘々皿は、ひよりが盆に載せていた。

「お茶もいれましたから」

かねは座敷に戻ってほしいと、佐次郎を促した。

「うむ」

渋い顔つきのまま生返事をした佐次郎は、流し場の土間へ下りた。

「先に行ってますよ」

言い残したかねは、娘と一緒に掘り炬燵のある客間に向かった。

流し場の明かり取りから、正午の陽光が降り注いでいる。へっつい前の壁に貼った荒神様《こうじんさま》の御札を、柔らかな陽が照らしていた。

へっついの前に立った佐次郎は、周囲を見回した。家人も奉公人もいないのを見定めてから、荒神様に手を合わせた。

半鐘が鳴ったおかげで、今年は晴次郎も一緒に炬燵開きを祝うことができます。

御札に向かって手を合わせた佐次郎のわきに、いつの間にかてるみが寄り添っていた。

「はやくきてって、ばあばが言ってる」

「うむ」

面倒くさそうに答えた佐次郎の手を、孫が強く引っ張った。

湧き上がる笑みを噛み殺すのに、佐次郎はひとしお難儀をしていた。

第十二話　餅搗き

一

まねき通りの餅搗きは、毎年十二月二十七日である。

十二月が小の月にあたる年は、二十九日が大晦日《おおつごもり》となる。天保七年の今年も、まさに十二月二十九日までだった。

大晦日を翌日に控えた二十八日は、気ぜわしいことおびただしい。ゆえにたとえ小の月でも気持ちにゆとりを持てるように、十二月二十七日がまねき通り商家の餅搗き日に定められていた。

明け六ツ（午前六時）の鐘を宿の外で聴くのは、夜明けのまねき通りを掃除している徳右衛門と徳兵衛にはいつものことだ。

しかし大方の者にとっては、まれだった。

「今朝の冷え込みてえのは半端じゃねえ。この冬一番じゃねえか」

うお活の時次が、大げさな身振りで身体を震わせた。

真冬の夜明けは、気配が尖っている。凍えに突き刺された時次は身体のあちこちをさすり、きつい冷えを払いのけようとした。

まねき通りの住人全員が、餅搗き装束に着替えて弁天池に集まっている。夜明けの凍えには、だれもが身体を震わせていた。

「ちょうどいい火が熾きてるから」

おかめのおみつは時次に近寄り、耳元でささやいた。

「やせ我慢してないで、あたらせてもらったらどう？」

時次に対するおみつの物言いには、もはや遠慮がなくなっている。過ぎた数カ月の間に、ふたりの仲は睦まじく運んでいるようだ。

時次は大きなかまどに目を向けた。

野島屋の蔵に仕舞われている、大型の鉄のかまどだ。餅搗きのたびに蔵から引きだされて、弁天池に据え付けられた。

おもてで燃やすたき火などの裸火を、公儀はきつく禁じていた。

真冬の江戸は家屋の材木が乾ききっている。たき火から飛び散った火の粉が、大火事を引き起こしかねないからだ。

しかし弁天池のかまどで燃やす火は、公儀の許しが得られていた。

野島屋のかまどは、火の粉が飛び散らないように工夫が凝らされていた。

かまどのわきには、真冬でも氷の張らない弁天池がある。埋め立て地の冬木町にありながら、弁天池には真水が湧き出していた。

しかも湧き水の量は豊かだ。野島屋が通りに備えている天水桶に分厚い氷が張った朝でも、弁天池は水面を揺らしていた。

かまどが別誂えで、薪は火の粉が飛び出さない赤松に限った。しかも水量豊かな池が、かまどの間近にある。

これらのことを吟味したうえで、まねき弁天敷地内での餅搗きが許された。

この日一日で、六斗の餅を搗く段取りである。用意されている臼三つは、いずれも一升餅が搗ける大型の臼だ。

しかし六斗の餅を搗き上げるには、ひとつの臼で二十回の餅搗きが入り用だ。

三基の大かまどは、六斗の餅米を順繰りに蒸すための支度だった。

明け六ツの鐘が鳴り終わったところで、拍子木が打たれた。

チョーーンーーー。

長い韻を引く叩き方ができるのは、町内ではうさぎやの徳兵衛ただひとりだ。

弁天池に集まった面々が、拍子木を叩いた徳兵衛に目を向けた。

昨夜は初めて、祖父《じいじ》の宿に泊まった朝太だ。暮れ六ツ前には徳兵衛と湯に行った。戻ったあとは、うさぎ屋のおもちゃで遊べた。

すっかり夜更かしとなったが昨夜だけは、おしのも大目に見てくれていた。

一夜が明ければまねき通り吉例の、明け六ツからの餅搗きである。

まだ眠い朝太は、おしのに強く手を引っ張られて、じいじに目を向けた。

朝太の吐き出す息が、凍えにぶつかり真っ白に濁っていた。

二

まねき通りの餅搗き支度を請け負っているのは、野島屋というお活である。

なかでも野島屋は、この餅搗きで使う餅米六斗の手配りと、餅搗き道具の支度をすべて引き受けていた。

六斗の餅米の手配りは、もちろん口銭無しである。しかも産地からの廻漕と蔵の保管は、いずれも野島屋が費えを負っていた。

うお活は杵を持つ若い者を選りすぐって餅搗き場に差し向けた。若い衆が着るのは、真冬の餅搗きでも揃いのお仕着せだ。

地は餅に合わせて白。柄は紺と茶の二色で描いた弁慶縞《べんけいじま》だ。

背中にはうお活の屋号が、赤の筆文字で描かれていた。

お仕着せとはいえ、飛び切り値の張った染めである。餅搗きの若い衆が着る揃いのお仕着せは、野島屋がうお活に頼み込むようにして誂えさせてもらった品だった。

一年に二度、春のひな祭と暮れの餅搗きは、野島屋が身代を賭《と》さぬばかりにして見栄を張る大事な催しだった。

「さすがは野島屋さんだ」

「あれだけの費えを投じていながら、番頭さんから小僧さんまで、鼻にかけるような振舞いにはだれひとり及ぶことがない」

町内のご意見番で通っている徳右衛門ですら、野島屋の振舞いはあっぱれだと褒めた。

当主野島屋昭助は、易断好きの縁起担ぎである。今年が四十二歳の本厄ゆえ、春のひな祭もそうだったが、暮れの餅搗きへの入れ込み方は尋常なものではなかった。

「ひな祭と餅搗きには、惜しまずカネを遣いなさい。本厄の今年に遣った分だけ、あんたは功徳を積むことになる」

来世の成り行きは、今年のひな祭と餅搗きに遣うカネで決まる……今年の元日、八卦見はこう見立てていた。

三月のひな祭に、昭助は存分に費えを投じた。しかしいまひとつ評判にならなかったのは、こども相手の催しだったからだ。

「暮れの餅搗きでは、かならず深川中の評判となるように仕向けなさい」

番頭の杖四郎《じょうしろう》にこう指図したのは、ひな祭の直後のことだった。

杖四郎はもっとも頼りにしている女中頭のあおいに相談を持ちかけた。

「見た目の派手さではなく、搗いたお餅のおいしさに気を配ればいいと思います」

野島屋は米屋である。野島屋が吟味に吟味を重ねて選んだ餅米を、思いを込めて大事に搗きあげる。

「おいしいお餅を搗くための費えを惜しまなければ、きっと多くのひとからいい評判をいただけるはずです」

野島屋は餅米と道具をしっかりと吟味する。

餅搗きの若い衆が着る揃いのお仕着せは、動きが派手なだけに目立つ拵えとする。

あおいの思案に深く得心した杖四郎は、いささかも省かずに昭助に伝えた。

「餅米と道具を念入りに吟味とは……まさにあおいの言う通りだ」

ひとの評判を気にしようとした自分の浅慮が恥ずかしい……昭助は番頭の前で顔を赤らめた。

杵・臼・蒸籠の新調を道具屋に頼んだのは、まだ梅雨の真っ直中のころだった。

「そういうことでしたら、飛び切り上等のけやきで拵えさせていただきましょう」

道具屋の番頭は、極上の臼と杵を誂えますと請け合った。

十月に仕上がった臼は差し渡し一尺六寸（直径約四十八センチ）、高さ二尺（約六十センチ）で、一度に一升の餅が搗けるという大型だった。

分厚いけやきの臼と、樫柄のついたけやきの杵。道具屋が納めて帰ったあと、臼と杵は蔵のなかで胸を張って出番を待っていた。

同時に誂えた蒸籠は、一段で三升の餅米が蒸かせる特大である。新調した蒸籠十二段は、臼の真上の棚に三段重ねで並べられた。


「一番蒸籠が蒸し上がりました」

餅搗きを待っている若い衆に、あおいが告げて回った。

「今朝のあおいさんは、見たこともねえほどきれいじゃねえか」

「いまさら言うんじゃねえ」

うお活の若い者が、肘をぶつけあった。

あおいが着ているのは、柿色無地のあわせである。帯とたすきは、どちらも濃紺色の仕上げだった。

たすきがきりりとかけられたえりあしには、朝の光が差している。

産毛が朝日を浴びて黄金色に光った。

若い衆の目が、あおいのうなじに釘付けになった。

三

「見ねえ、あそこを」

うお活の若い者伝三郎《でんざぶろう》が、仲間の伸吉《しんきち》を肘で突っついた。

伝三郎があごで示した先には、うさぎやの徳兵衛がいた。近江家の弥五郎を相手に、話が弾んでいる様子だ。

徳兵衛たちの前には、大型の火鉢が置かれていた。

「見ねえてえのは、あの徳兵衛じいさんのことかよ」

伸吉がいぶかしげな声で問うた。徳兵衛じいさんと口にした声が聞こえたのか、火鉢に手をかざしていた徳兵衛は若い者ふたりのほうに目を走らせてきた。

伝三郎は急ぎ顔を伏せると、伸吉の袖を引っ張った。

「なんでえ、伝三郎」

「ばかやろう、でけえ声を出すんじゃねえ」

伝三郎は顔を伏せたまま、徳兵衛はどうしているかと訊いた。

「じいさんなら、またご機嫌な様子で豆腐屋さんと話してるぜ」

「それがいけねえてえんだ」

伝三郎は顔を伏せたまま、仲吉の口をたしなめた。

「徳兵衛とっつあんは、じいさん呼ばわりされると一町離れていても聞こえるてえんだ」

小声で言い置いてから伝三郎は顔を上げた。徳兵衛はまさに上機嫌な様子で、弥五郎との談笑に戻っていた。

餅搗きの場には、さえぎるモノのない空から真冬の陽が降り注いでいる。陽差しは徳兵衛と弥五郎にも当たっていた。

しかし年配者の徳兵衛には、日だまりにいるだけではぬくもりが足りないのだろう。真っ赤に熾きた炭がいけられた大型の火鉢が、徳兵衛の足元に出されていた。

町内でも徳右衛門と徳兵衛は『うるさ型の両徳』と呼ばれていた。徳兵衛は、その両徳の片割れである。

どれほど寒さが厳しくとも、股火鉢のような不作法には、人前では及べないとわきまえているのだろう。

しわのよった顔をほころばせながら、片手を火鉢の炭火にかざしていた。

「伝の字よう」

焦れた仲吉が、さきほどとは逆に伝三郎のたもとを引っ張った。

「なんでえ」

「なんでえじゃねえ」

仲吉の声が、尖りを含んでいた。

「あれを見ねえって言ったのは、いってえなんのことでえ」

「でけえ声を出すんじゃねえって」

仲吉に負けず、伝三郎の声も尖っていた。

「だったらなんのことか、おせえてくれよ」

かすれ声で仲吉はせがんだ。

「だからよう、徳兵衛とっつあんの先を見てえんだ」

「じいさんを見るんじゃねえのかよ」

「ハナからおれは、とっつあんを見ろとは言ってねえ」

伝三郎はもう一度、徳兵衛の先にあごをしゃくった。徳兵衛の娘おしのと孫の朝太が、せっせと手を動かしていた。

おしのは他の女房連中と一緒に、餡餅を拵えていた。

「片手でお餅をちぎるような、横着なことをしてはだめよ」

餡餅作りを差配している与助店のおときが、女房のひとりを小声でたしなめた。言われたのは、今年の十月に越してきたばかりの通い船頭の女房およしである。

上背が五尺七寸のおときは、小さな声でも飛び切りの効き目がある。

「ごめんなさい」

およしは真っ赤になってうつむいた。

「片手使いだと、同じ大きさにちぎれないからさ。手間でも両手で、きちんとちぎってちょうだいね」

およしに近寄ったおときは、ボンと肩を叩いてから餅搗き場に向かった。まるで職人をねぎらう棟梁のような振舞いだった。

「おときさんの言う通りだよ」

「ひとさまに振舞うお餅だから、ていねいに拵えようね」

いまではすっかり身重ぶりが板についているおみねである。まだ町の仕来りに不慣れなおよしに、大きくなったおなかに似合った、堂々とした口調で語りかけた。

搗き上がった餅のかたまりに手を伸ばし、ほどよい大きさに千切る。千切った餅の真ん中をへこまし、小さなしゃもじですくい取った餡を詰める。

餡を詰め終えたあとは両手で丸め、粉をまぶす。

これで餡餅の出来上がりである。

朝太はおしのが作りあげた餡餅を、小さな手のひらで形よく押し潰していた。おしのが拵えた団子のような餡餅が、形よく丸くて、ほどなく平らな餅に形を変えた。

「あれって、おしのさんと朝太だろう?」

伝三郎は返事代わりに強くうなずいてから、仲間に目を合わせた。

「朝太が生まれて五年目だが、初めて餅搗きの手伝いにやってきたんだ」

「言われてみりゃあ、確かに……」

得心した仲吉は、またもや大声を出した。が、今度は伝三郎はその声を止めなかった。

「娘と孫が手伝いに加わってるからよう。今朝の徳兵衛とっつあんは、飛び切りの笑顔になってるぜ」

「日陰のつぼみでも、時季がきたら弾けるてえが」

朝日が届き始めた野花のつぼみに、仲吉は目を走らせていた。

真冬の六ツ過ぎだが、小さな白いつぼみが朝日を浴びて、今朝はもう開くぞと気張っているかに見えた。

「まねき通りでも今年はさまざま、時季を得て弾けたものがあったようだぜ」

うなずき合う伝三郎と仲吉の顔にも、師走の朝日が当たっていた。

威勢のよさに満ちた餅搗きの音が、まねき通りの端にまで響き渡っていた。

四

餅搗きの昼飯は賑やかである。

まねき通りの商家や小料理屋、一膳飯屋が拵えたさまざまな手料理を、持ち寄って四八の戸板に並べるのが決まりだ。

奥行き四尺（約一・二メートル）、幅八尺（約二・四メートル）の戸板が、弁天池の周りに八枚並べられている。

野島屋から運び出したもので、戸板に敷く白布はゑり元と古着屋の『藤屋《ふじや》』が毎年四枚ずつを受け持っていた。

長さ八尺の戸板を、縁起を担いで八枚。じつに六十四尺（約十九・四メートル）の長さで、横一列に並んでいた。

これだけの横幅があれば、まねき通りの全員が卓を挟んで顔を揃えられる。

「おいら、あんこの餅がいい」

自分で粉を振った餡餅に、朝太は手を伸ばした。

「あたいもほしい」

向かい側で見ていたゑり元のかのこも、負けずに手を伸ばそうとした。

しかし卓は立ち食いを考えて、三尺（約九十センチ）の高さがある。しかも餡餅は卓の真ん中に置いた杉の大皿に載っていた。

高くて奥行きもあり、かのこの手はまるで届かなかった。

卓の手前で飛び跳ねて手を伸ばそうとしたが、とても届くものではない。間のわるいことに、姉のしおりは近くにいなかった。

母親のこのみは授かった乳飲み子の世話で、この場にはいない。

どう踏ん張っても届かない餡餅を見て、かのこはクスンッと鼻を鳴らした。

朝太は餡餅を卓に置き、もう一度手を伸ばして新たな一個を取った。

徳兵衛はうるさく言い続けて、娘に行儀作法をしつけて育てた。こども時分のおしのは、そんな徳兵衛にうんざりしていた。

しかし母親になったあとは、父親からされた通りにこどもをしつけていた。

朝太は両手に餅を持ったりせず、一個を卓に置いてから新たな餡餅を手に取った。

卓をぐるっと端まで回るには、幅が長すぎた。

「これを食べていいよ」

朝太はかのこのほうに、餡餅を差し出した。が、奥行きが四尺の戸板は朝太にも幅が有りすぎた。朝太とかのこが目一杯に手を伸ばし合ったが、とても届かなかった。

朝太が途方に暮れた顔を拵えたところに、ひさごのおまきとおさちが通りかかった。

「あなた、徳兵衛さんとこのお孫さんでしょう？」

おまきは目元をゆるめて問いかけた。

びくっとした朝太は、手に持っていた餡餅を卓のうえにポトリと落とした。

その餅を手に持ったおまきは、目の下まで卓に隠れているかのこに手渡した。

「ありがとう」

かのこの顔がほころんだ。

餅搗きの手伝いで、おまきとおさちはともに股引・腹掛けの装束だ。濃紺厚手の身なりが、緋色のたすきを色鮮やかに際立たせていた。

おまきもおさちも今日はひっつめ髪で、豆絞りの鉢巻きを細巻きにしている。陽を浴びた濃紺の腹掛けが、艶々と輝いて見えた。

粋な身繕いの姐さんから、だしぬけに問いかけられたのだ。

「そうです」

晴れがましい顔で応えた朝太は、背筋をピシッと伸ばした。

「まだ小さいうちから女の子の世話をするなんて、なかなか見所があるわよ」

朝太はどぎまぎ顔で、おまきを見上げている。こどもに笑いかけた姉の肘を、おさちがツンツンと突っついた。

徳兵衛がおまきのわきに寄ってきたからだ。

「こうして見比べると……」

おまきは徳兵衛と朝太を交互に見た。

「やっぱり血は争えないもんですね」

徳兵衛と朝太の顔に真冬の陽が差している。ふたりとも眩しげに、目を細めた。

もう一度妹に肘を突っつかれたおまきは、表情をあらためて徳兵衛を見た。

「これから妹と連れ立って、今戸まで行ってこようと思い立ったものですから」

おまきは餡餅をひとつ手に取った。

「おみやげに餡餅を幾つかいただいてもいいですか？」

姉の背後に立ったおさちは、ぺこりと徳兵衛にあたまを下げた。

「そうか……親父さんとおっかさんに会いに、かね」

「はい」

迷いのない物言いで、おまきは応えた。

ひといきおいた徳兵衛は、うお活の若い衆を手招きした。時次と与平が駆け寄ってきた。

「おまきさんたちが、今戸のご両親にうちの餅を届けてくれるそうだ」

威勢よく、紅白の伸《の》し餅を一枚ずつ搗き上げてくれと指図を与えた。

「がってんでさ」

時次が威勢よく応えた。

「飛び切りをひと臼、搗きやしょう」

胸を叩いた与平は、臼のほうに目を走らせた。たすき姿も艶やかなあおいが立っていた。

「おまえの手元に入ってくれるように、わしからあおいさんに頼もう」

徳兵衛は与平の背中をドンッと押した。与平は顔を赤らめたまま、押されるままに臼のほうに歩き始めた。

「おいらも手伝います」

朝太はおまきにあたまを下げた。

「よろしくっ」

おまきが敬礼したら、緋色のたすきが動いた。朝太は臼に向かって駆けだした。

「あたいも手伝う」

朝太のあとをかのこが追って走り出した。

町の飼い犬くまが、かのこを追って……。

番外編　凧揚げ

天保八（一八三七）年の元日は、己卯《つちのとう》の日で迎えることになった。

まねき通り一番の高台といえば、もちろんまねき橋たもとの火の見やぐらだ。うさぎやの徳兵衛は、まだ夜明け前から物見の台に登っていた。

「新年早々、風邪ひいて寝込んじまったら、しゃれにもならねえだろうに」

「寝込んで済むならまだしも、とっつあんならいきなり早桶にへえるてえ騒ぎになっちまうぜ」

火の見番の若い者が散々にこきおろしたが、もとより聞くような徳兵衛ではない。

「卯の日で迎えられる元日は、十年に一度あるかないかだ」

なによりうさぎやに縁起のいい初日の出だ。それを逃したらバチがあたると言い張り、徳兵衛は物見台に居座った。

炭火の熾きた手焙り持参で、である。

深川の初日は、洲崎沖の海から昇る。東の空の根元がダイダイ色に染まり始めたとき、永代寺が明け六ツ（午前六時）の鐘を撞き始めた。

天保八年の夜明けである。

「明けましておめでとうごぜえやす」

年若い火の見番ふたりが、神妙な口調で新年のことほぎを伝えた。

「おめでとうございます」

ていねいに応じた徳兵衛は、綿入れのたもとからポチ袋を取り出した。火の見番に用意してきたお年玉である。

中身は南鐐二朱銀（六百二十五文相当）一枚という、破格に多額の心付けだ。

手触りで南鐐二朱銀だと察したふたりは、顔をくしゃくしゃにして喜んだ。

「出すときは、出すもんだ」

「いつまでも長生きしてくだせえ」

若い者の世辞を背中で受け止めつつ、徳兵衛は物見台をおりた。手焙りは、張り番を続ける若い者に残しておいた。


五ツ半（午前九時）を過ぎたというのに、お目当てがあらわれない。店の外の縁台に座した徳兵衛は、ひっきりなしに煙草を吸い、吐息とともに煙を吐き出した。

天保八年の元日が卯の日であるのは、新年の暦が売り出された旧臘《きゅうろう》十五日から分かっていた。

『元日四ツ（午前十時）からうさぎの凧揚げをやります。うさぎや徳兵衛』

餅搗きのあと、徳兵衛はこの告げ紙をまねき弁天境内と、うさぎやに掲げた。

「そういうわけだから、おまえも出てこい」

餅搗きのあと、ついでのような口調で徳兵衛は孫の朝太にも誘いをかけた。

おきんとおしのは、徳兵衛には見えないところで笑いを噛み殺した。ついでに誘うのは見栄で、朝太を呼び寄せたくての凧揚げだと分かっていたからだ。

ふうっ。

十五服目を吹かしたとき、まねき通りの面々が群れを拵えて通りかかった。だれもが凧揚げの原っぱに向かっているのだろう。

先頭は豆腐屋の弥五郎一家だった。

様子がいいのが自慢の弥五郎は、仕立下ろしの綿入り半纏を羽織っていた。すぐ後ろにはおりょうが続き、泰吉・ちはや・ちまきがかたまりになって従っていた。

ゑり元のしおりとかのこは、近江家のちまきと声高に話していた。格別に耳を澄まさなくても、去年授かったかのこの弟の話だと分かった。

野島屋のあおいは、与平にあれこれ言い聞かせながら歩いている。なにか言われるたびに、与平は晴れがましげな顔でうなずいた。

そのすぐあとには、おみつと時次が肩を並べてついていた。

「今年の菜種どきまでには……」

言いかけたところで、徳兵衛の前に差しかかった。

徳兵衛はむずかしい顔で、煙草を吹かし続けている。惜しいことに、時次の話の続きは聞けなかった。

ことによると、祝言の段取りを話そうとしたのかもしれない。

あとは道幅いっぱいに、商家の面々が横並びになって歩いていた。

しんがりには、つるや利助と女房のますみがついている。

ますみは股引腹掛けに、濃紺の半纏を羽織っていた。蜜柑色の足袋が、半纏と色味比べをしていた。

利助が鳥居前に差しかかりそうになったとき、ますみが後ろを振り返った。

「あら、いいわねえ」

ますみは目元をゆるめた。

仙治に肩車をされた朝太が、両手を大きく振っていた。朝太の目をたどると、縁台に座った徳兵衛に行き着いた。

「やっときやがったか」

徳兵衛のつぶやきは、店の前を行き過ぎた面々のざわめきに埋もれた。

ボコンッ。

灰吹きにぶつけた徳兵衛のキセルが、鈍い音を立てた。いつもとは異なり、灰吹きの音は弾みを含んでいる。

縁台わきに寝そべっていたくまが、耳をピクッと動かした。

解説

末國善己

市井ものの時代小説には、藤沢周平『本所しぐれ町物語』、北原亞以子『深川澪通り木戸番小屋』、宇江佐真理『深川にゃんにゃん横丁』など、作家が作った架空の町で繰り広げられる人間ドラマを、連作形式で描く作品の系譜が存在している。その源流は、人情時代小説の名作を数多く残した山本周五郎が、現代小説として発表した『青べか物語』『季節のない町』あたりまで遡れるかもしれない。

このジャンルが作家を魅了しているのは、自分で物語の舞台が作れ、一話完結の短編ながら各編をゆるやかに繋げることで、登場人物の変化を浮かび上がらせたり、あるエピソードを別の角度で切り取ったりするなどして長編の骨格も持たせられる自由さと、それにともなう難しさがあるからのように思える。人情時代小説の名手・山本一力が、深川冬木町にある架空の商店街まねき通りを舞台に、時代小説の人気ジャンルに挑んだのが本書『まねき通り十二景』である。

冬木町は、一七〇五年に深川の一画を幕府から買い取って転居し、豪壮な屋敷と広大な貯木場を作った材木商の三代目・上田彌平次政郷の屋号「冬木屋」に由来している。町の北側に仙台堀があり、東側に平久川が流れる冬木町は水運に適していることから材木を商う豪商が多く集まり、また南の町境で富岡八幡宮がある富岡と接していた冬木町は、祭礼などで賑わい、華やかな江戸文化の中心地の一つだったようだ。

近代に入っても江戸の名残りを留めていた冬木町の周辺も、関東大震災で一変した。永井荷風が一九三五年に発表したエッセイ「深川の散歩」には、関東大震災後に「黒亀橋から冬木町を貫き、仙台堀に沿うて走る福砂通と称するもの。また清洲橋から東に向い、小名木川と並行して中川を渡る清砂通と称するもの」など新たに「セメント敷の大道」が作られ、それを見た時「旧時代の審美観から蟬脱《せんだつ》すべき時の来った事」を悟ったとある。ただ荷風は「冬木町の弁天社は新道路の傍に辛くもその址を留め」、「仙台堀と大横川との二流が交叉」するあたりでは「運河の水もいくらか澄んでいて、荷船の往来もはげしからず、橋の上を走り過るトラックも少く、水陸いずこを見ても目に入るものは材木と鉄管ばかり。材木の匂を帯びた川風の清涼なことが著しく」「むかし六万坪と称え」られた江戸の深川らしさが感じられるとしている。

また東京は江戸時代から続く町名を引き継ぐ地区が多かったが、関東大震災後の区画整理、昭和初期の町名整理、一九六二年施行の住居表示に関する法律などによって旧町名が消えていった。だが効率化のため町の合併や町名の整理を進める行政と、旧町名に愛着を持つ地域住民の対立も多く、一九六〇年には、東京都文京区向ヶ丘弥生町二番地、三番地の住民が、根津一丁目への編入を不服として裁判を起こした。この原告団には詩人、作詞家のサトウハチローが加わっていたこともあり、話題になったようだ（この裁判は、最高裁まで争い原告が敗訴した）。ただ冬木町は、周辺の町との合併はあったものの旧町名を守り、一九六九年に「町」の文字が無くなったものの東京都江東区冬木として現在に至っている。再び「深川の散歩」を引用すると、「冬木町の名も一時廃せられようとしたが、居住者のこれを惜しんだ事と、考証家島田筑波氏が旧記を調査した小冊子を公刊した事とによって、纔《わずか》に改称の禍を免れた」とあり、住民の熱意と史料が冬木の地名を守ったことがうかがえる。

関東大震災後も江戸の情緒をとどめ、昭和に入っても江戸から続く町名を守るなど、長年にわたって伝統を守ってきた冬木町の原点ともいえる江戸時代に、架空の商店街を作った本書は、深川にこだわり、そこで働く人たちを見据える傑作時代小説を数多く発表し続けている著者が、最も力を発揮できる舞台といっても過言ではあるまい。

駄菓子屋のおじさん、おばさんに、挨拶の大切さ、順番を守ること、年上や年下とのつき合い方といった社会のルールを学んだ人は少なくないはずだ。子供好きなのに頑固すぎで子供たちに避けられている駄菓子屋「うさぎや」の主人・徳兵衛を主人公にした「初天神」は、思い出の駄菓子屋がある読者は懐かしく思えるだろう。

父親の帰りを待ちわびる少年が、徳兵衛が正月に備えて仕入れた大きくて高額な凧を予約した。徳兵衛が、その後に大金を積んで凧を買おうとした男に掛けた言葉は、年齢に関係なく駄菓子屋の主人の心意気から学べることがあると実感させてくれる。

作中に登場する「まねき弁天」のモデルは、冬木弁天堂だと思われる。冬木弁天の境内には、岡野知十の「名月や　銭金いはぬ　世が恋し」の句碑がある。「初天神」の徳兵衛は、まさに「銭金いはぬ　世」を体言しており、これは本書全体を貫くモチーフにもなっている。

豆腐屋の「近江屋」は、味の良さと主人・弥五郎の男ぶりで人気を集めていた。いつも身なりも気を使っている弥五郎が、額に膏薬を貼っていた。その理由が徐々に明らかになる「鬼退治」は、ミステリー的な構成といえる。弥五郎が愚かな行為をしたと知っても動じず、粛々と後始末をする女房のおりょうを見ていると、強いように見えて愚かな男が、実は世間をよく知っている女の掌の上で踊らされていたという構図が、いつの時代も変らないということがよく分かる。

まねき通りでは、ひな祭の日、搗米屋の「野島屋」が、十歳までの女の子に甘酒と三色菱餅を配っていた。そこに「うさぎや」の娘で、海辺大工町の大工に嫁いだおしのが女の子を連れて現れた。おしのは長男の朝太を生んでいたが、実家の近所の人たちは女の子がいるとは知らなかった。謎めいた女の子を軸に、親子の情愛とは何かを問い掛けた「桃明かり」は、せつないラストが印象に残る。

魚の目利きに定評がある活太郎が営む鮮魚屋「うお活」で働く時次は、得意先の「野島屋」の女中頭あおいとただならぬ関係にあるとの噂を流された。密かに時次に想いを寄せていた一膳飯屋「おかめ」のおみつが噂を聞き心乱される「菜種梅雨」は、複雑な恋愛模様を描いている。春になると時次が菜の花を仕入れ、「おかめ」に届けていた意味が明かされるラストは、伏線回収の鮮やかさにも驚かされるだろう。

「冬木湯」が菖蒲湯を仕立てる端午の節句の出来事が描かれる「菖蒲湯」にも「うさぎや」の主人・徳兵衛が登場、よいことをする時の心構えを教えてくれる。

「鬼灯」は、小料理屋「ひさご」を営むおまき、おさち姉妹が主人公となる。姉妹は、指物職人・桜屋佐五郎とおきぬの間に生まれた。腕のよさとおきぬのアイディアで吉原の花魁に人気の指物師になった佐五郎は、多くの弟子を抱える棟梁になったが、おまきが十八、おさちが十五の年におきぬが死んだ。姉妹は、佐五郎の後妻と折り合いが悪く家を出て、まねき通りで小料理屋を構えることになった。佐五郎の弟子が「ひさご」を訪ねてきたことで、姉妹が実母と義母の真意を知るラストを読むと、本当のやさしさ、人を想う気持ちとは何かを知ることができる。

「天の川」は、日本橋にある太物古着の大店「ゑり元」の三男で、結婚を機に「ゑり元冬木店」を構えた大三郎と、その妻、二人の娘の物語である。「ゑり元冬木店」では、実家の流儀を守り七夕飾りを行っていたが、その短冊作りで姉妹が喧嘩をしてしまう。どこの家庭でも起こりうる小さなトラブルが、七夕飾りを立てるクライマックスで浄化される展開は、読後感が心地よい。

毎年七月一日から十五日にかけて博多の総鎮守・櫛田神社の奉納神事として博多祇園山笠が開催される。山笠が近付くと博多中が熱気に包まれ、仕事を休んで山笠に参加する「山のぼせ」も多く現れるという。「山のぼせ」のような祭好きは、山笠に限らず日本中にいるだろうが、うなぎ屋「松乃井」の入婿になり、富岡八幡宮の祭礼になると他の町の神輿も担ぐ「祭半纏」の清五郎も、その一人である。祭好きが高じてトラブルを起こした清五郎に、町内鳶のかしら雅五郎が掛ける言葉は、仕事と趣味のバランスはどのようにあるべきなのかを考えさせられる。

「十三夜」は、冬木町にただ一件の駕籠屋「つるや」の創業秘話である。かつて冬木町には、「堀田屋」と「佐塚屋」の二軒の駕籠屋があったが、近くに豪商が多く住んでいて顧客には事欠かないはずなのに没落してしまった。それに代わり「つるや」が成功した理由には商売のコツが詰まっており、ビジネス小説としても秀逸だ。

父親が創業した履き物「むかでや」の跡取りだった藤三郎は、二十代半ばで、鼻緒造りの職人を父に持つ二十歳のおみねと結婚した。二人は仲睦まじかったが子供ができず、藤三郎の両親は孫の顔を見ることなく没した。「もみじ時雨」は、結婚から十七年、ようやく子宝を授かったおみねを描いている。おみねが直面した妊娠できないプレッシャー、高齢出産の不安は、現代の女性読者も共感が大きいように思える。

玄猪の日（地方によっては亥の子）には、子孫繁栄、無病息災を願って玄猪餅（亥の子餅）を食べる習わしがある。また陰陽五行説では「亥」が水を意味することから、火災を逃れると信じられていて、この日に冬に備えて囲炉裏開き、炬燵開きなどを行ったようだ。雨具屋の「村上屋」の一家が、玄猪の日に何をしたのかを追ったのが「牡丹餅」で、決して大きな事件が起こるわけではないが、玄猪の日の習慣を巧みにからめながら、ハートウォーミングな物語を作り上げていた。

「餅搗き」は、これまでに登場したまねき通りの住人たちが集まり、一丸となって年末の餅搗きをするので、グランドフィナーレに相応しい。そして番外編の「凧揚げ」では、駄菓子屋「うさぎや」の徳兵衛と子供たちのその後が描かれることになる。

本書の収録作は、事件の結末を曖昧にしたり、ある人物が決意を固めたところで幕を降ろしその後に言及しなかったりする作品が少なくない。これは、物語の行く末や、新たな一歩を踏み出した登場人物の未来を、読者が想像して初めて完結するようになっているからにほかならない。

近年の日本では、子供が遊ぶ声がうるさいとして保育園の建設に反対したり、ビジネスで成功した人間が抽選で金をバラまく行為が、善行か売名かが議論されたりしている。本書を読んで驚かされるのは、著者が十年近く前にこうした問題が起きることを予測していたかのように、解決の筋道をきちんと示していることである。しかし著者は、分かりやすく答えを書いているわけではない。作中にちりばめられたヒントを自分で探し、考え、読者それぞれが回答を導き出すようにうながしているのである。
　本書には、家族、夫婦、ご近所との関係を描く人情もの、恋愛小説、ビジネス小説など多彩な作品が収められているが、決して難解ではない。だが、その奥底には、深いテーマや強いメッセージが隠されている。読者は、これらを主体的に見つけながら本書を玩味熟読して欲しい。

（すえくに・よしみ／文芸評論家）

小学館文庫
好評既刊

勘定侍 柳生真剣勝負〈一〉 召喚

上田秀人

ISBN978-4-09-406743-9

大坂一と言われる唐物問屋淡海《おうみ》屋の孫・一夜は、突然現れた柳生家の者に御家を救えと、無理やり召し出された。ことは、惣目付《そうめつけ》の柳生宗矩《むねのり》が老中・堀田加賀守《かがのかみ》より伝えられた、四千石の加増にはじまる。本禄と合わせて一万石、晴れて大名となった柳生家。が、大名を監察する惣目付が大名になっては都合が悪い。案の定、宗矩は役目を解かれ、監察される側に立たされてしまう。惣目付時代に買った恨みから、難癖をつけられぬよう宗矩が考えた秘策が一夜だったのだ。しかしなぜ召し出すのが商人なのか？　廻国中の柳生十兵衛も呼び戻されて。風雲急を告げる第一弾！

小学館文庫
好評既刊

春風同心十手日記〈一〉

佐々木裕一

ISBN978-4-09-406843-6

定町廻り同心の夏木慎吾が殺しのあったという深川の長屋に出張ってみると、包丁で心臓を刺されたままの竹三が土間で冷たくなっていた。近くに女物の匂い袋が落ちていたところを見ると、一月前に家を出ていった女房おくにの仕業らしい。竹三は酒癖が悪く、毎晩飲んでは、暴力をふるっていたらしいのだ。岡っ引きの五郎蔵や女医の華山らに助けを借りて探索をはじめた慎吾だったが、すぐに手詰まってしまい……。頭を抱えて帰宅した慎吾の前に、なんと北町奉行の榊原忠之が現れた!?　しかも、娘の静香まで連れているのは、一体なぜ？　王道の捕物帳、シリーズ第一弾！

――本書のプロフィール――

本書は、二〇一二年十二月に中公文庫より刊行された同名作品に加筆修正を行い、再構成したものです。

小学館文庫

まねき通《どお》り十《じゅう》二《に》景《けい》

著者　山本一力《やまもといちりき》

二〇二一年二月十日　初版第一刷発行

発行人　飯田昌宏
発行所　株式会社 小学館
〒一〇一-八〇〇一
東京都千代田区一ツ橋二-三-一
電話　編集〇三-三二三〇-五九五九
　　　販売〇三-五二八一-三五五五
印刷所 ——— 中央精版印刷株式会社

この文庫の詳しい内容はインターネットで24時間ご覧になれます。
小学館公式ホームページ　https://www.shogakukan.co.jp

ISBN978-4-09-406872-6